MY LIFE
MY STORY

| 내 인생 내 스토리 |

MY LIFE
MY STORY
| 내 인생 내 스토리 |

박기천, 오홍관, 이재호, 손창우, 백종우, 노국영 지음

"이제 나만의 스토리를 보여줄 때가 왔다"

좋은땅

책을 출간하며

　대학원 박사과정에서의 학교 문법에 싫증이 나 있던 2016년 여름, 나는 내 문법에 따라 내 인생에 관한 스토리를 기반으로 책을 써 보고 싶다는 생각이 문득 들었다. 한편으로는 문화콘텐츠학 공부를 하면서 박물관, 영화, 테마파크 등 문화원형이나 흥미 있는 소재로부터 스토리를 이끌어 내는 연습을 하게 되면서, 나 자신을 스토리의 원형이자 주체로 만들어 보고 싶었다. 다른 학자의 이미 유명한 이론을 흉내 내는 것이 아닌 사람 개개인이 가지고 있는 그 고유하고 개성 있는 인생 스토리를 주도적으로 책으로 펼쳐 내 보고 싶었던 것이다. 예전부터 가지고 있던 막연한 생각은 책을 쓰려면 내 스스로가 유명인사가 되거나 돈을 많이 벌거나 사업적으로 성공한 사람이 되어야만 한다는 부담감이었다. 그러나 성공의 기준을 다시 생각해 본 후부터 나 스스로 먼저 책을 쓰는 것에 대한 자격 요건을 바꾸기로 마음먹었다. 외부의 시선에 의존하여 보여 주는 성공의 방식이 아닌 스스로의 내면으로부터 나 자신이 먼저 인정할 수 있는 성공을 내 인생의 진정한 성공으로 간주하기로 했다. 그러면 작은 성취에도 행복할 수 있고, 작은 만족에도 달콤함을 느끼며 즐겁게 인생을 살아갈 수 있기 때문이다. 그리고 나는 그 달콤한 행복을 내 인생 스토리를 담은 저서 쓰기에서 찾아보기로 했다. 화려하고 부유하지는 않지만 나름대로의 소신을 가지고 개성 있게 그리고 당당하게 살아온 내 인생의 스토리를 책으로 펴내서, 그 책을 읽는 누군가의 인생에 조금이라도 도움이 된다면 그 얼마나 가치가 있는 일이겠는가? 하고 여러 번 되새겼다. 그리고 내 인생은 어떠했고 나는 과연 무엇을 스토리로 말할 수 있는가?를 고민하기 시작했다. 그 고민을 시작으로 저서의 제목을 잡고 목차를 잡고 원고를 조금씩 써 나가기 시작했다. 그러나 바쁜 회사생활과 대학원 공부와 육아생활이 나를 여유롭게 가만히 놔두질 않았다. 그래서 써 나가던 원고를 몇 번이고 다시 읽어 보면서 이것을 언제 마무리할 수 있을까? 하던 차에, R.O.T.C 비즈니스 모임(현재 알오티시 비즈니스 연합회)을 만났고, 그 모임에서 우연찮게 인생 저서 쓰기에 대한 나의 생각과 목표를 설명할 기회를 가질 수 있었다. 그리고 그해 2016년 나를 포함한 9명의 작가들이 오랫동안 외롭게 홀로 고민하던 한 척의 배에 기꺼이 탑승하고 동행해 주었다. 그렇게 공동인생저서쓰기 프로젝트가 처음 시작되던 그때, 9명이 의기투합하여 함께 노를 저으며 돌진하는 커다란 배는 그야말로 저돌적이었다. 그 당시 기록적인 100년 만의 여름 더위도 우리를 멈춰 세우지 못했고, 바쁜 회사 생활도 저서 쓰기에 대한 공동작가들의 열정을 잠재우지는 못했다. 2016년 7월 말 시작한 저서 쓰기는 협력과 격려의 엄청난 시너지 효과에 힘입어 한 달 만에 최종 원고를 출판사로 넘겼다. 우리 인생에 대한 책을 함께 써 냈다는 작은 성취감이자 거대한 성취감의 희열이 온몸에 전율했다. 9인의 공동 작가들이 함께 기뻐했다. 시작할 때의 그 막막함이 그야말로 기쁨과 성취감으로 완전히 해소되었다. 인생 저서 쓰기는 단순히 자신의 인생 스토리를 글로 표현하는 것에 그치는 것이 아니라, 어린 시절부터 인생의 기억을 더듬으면서 현재까지 자신에게 일어났던 크고 작은 일들, 살아오며 만났던 많은 다양한 사람들, 사랑하는 가족들, 치열했던 직장과 사회생활 등을 현재 시점에서 재해석하는 과정이라고 볼 수 있다. 이러한 과정을 통해 작가들은 살아오면서 아직 치료하지 않고 간직하고 있었던 자신들의 아픔들, 아직 용서하지 않았던 사람들, 아직 헤어 나오지 못했던 내면의 두려움들… 그러한 것들을 글쓰기 과정을 통해 비워 내고 긍정적으로 재해석하며 자신을 치유한다. 그리고 비워 낸 그 어두웠던 공간을 아름다운 기억들과 행복했던 순간들로 그리고 새로운 도전의 설레는 꿈으로 다시 채워 넣는다. 글쓰기 과정을 마치고 한 달간 이러한 치유와 극복, 그리고 도전의 과정을 거친 작가들이 모두 내게 고맙다고 진심의 마음을 전해 줄 때, 나는 한 번 더 내 스스로를 치유하고 인생 저서 쓰기의 힘을 통해 에너지를 받았다. 내가 처음 폴스에듀를 창업하고 진행했던 첫 번째 인생저서쓰기 프로젝트의 책 제목은 '나는 프로페셔널 ROTCian이다'. 그리고 지금 2025년, 나를 포함한 6명의 새로운 공동작가들은 'MY LIFE MY STORY(내 인생 내 스토리)'를 출간했다. 지난 해 10월부터 퇴근 후 저녁 시간과 주말 시간을 반납하고 현업과 병행하며 두 달을 인생저서쓰기에 집중한 결과이다. 공동작가들과 함께한 두 번째 인생저서쓰기 프로젝트는 이미 내 인생의 가장 좋은 추억 중의 하나가 되어 가고 있다. 자신의 인생을 되돌아보면서 스스로를 치유하고, 인생의 새로운 전환을 꿈꾸는 사람들, 평범하지만 특별했던 자신의 스토리를 후대에 전달하고 싶은 사람들, 자신의 인생 경험을 청년들에게 들려주고 싶은 사람들. 이 모든 분들이 탈 배가 이미 시동을 걸고 출발 준비를 하고 있다. 이 배는 혼자 노를 젓지 않고 여러 명이 함께 일정한 규칙에 의해 노를 저어 목표점을 향해 달린다. 항해 길에 암초가 있고 강한 바람이 불어도,

때론 비틀거리더라도 파이팅! 구호와 함께 끝까지 포기하지 않고 달려 원하는 목표점에 결국 도달한다.

이 책을 읽는 모든 독자들이 저자들의 인생 스토리를 통해 평범한 인생에서 스스로에게 특별한 의미를 부여하고, 마음의 상처를 치유하고, 인생의 새로운 전환점을 찾을 수 있기를 진심으로 바란다. 그리고 도움과 격려를 받은 그들도 다른 누군가의 인생에 보탬이 되기 위하여 그들의 스토리를 하나, 둘씩 글로 풀어 나가기를 바란다. 그러면 우리의 인생은 보다 넉넉하고 풍요로워질 것이다. 나의 강한 일정 압박과 스토리 코칭에 글을 쓰는 동안 마음 놓고 편하게 쉬지도 못하며 싫은 내색 한마디 안 하고 따라와 주셨던 동기 및 선후배 작가님들이 계셨기에 이번 책의 출간이 가능할 수 있었다. 진심으로 감사의 마음을 전한다. 이번 인생저서쓰기 과정의 강한 압박 속에 솟구쳐 올라 만발하는 우리 인생 스토리는 우리가 멋진 작가가 되게 하는 발판이며 결국 많은 사람들을 감동시킬 것이다. 저서에 담긴 공동작가들의 성장기, 유년시절, 대학생활, 군생활, 사회생활, 그리고 세상에 그들이 내놓은 인생의 조언 이야기를 한 줄 한 줄 읽어 내려갈 때, 어찌 눈물과 감동 없이 그 글을 읽을 수 있겠는가? 이 감동은 또 다른 작가들의 출발점이 되고 우리 모두는 사회를 이롭게 하는데 함께 기여한다. 이번 저서 쓰기 프로젝트를 통해 다시 한번 깨달았다. 인생 저서는 반드시 필요하고 반드시 통한다는 것을! 저서 쓰기를 통해 작가의 꿈도 함께 펼치게 된 공동작가분들의 앞길을 기대하면서 새로운 작가님들의 인생저서쓰기 프로젝트 승선을 기대해 본다.

2025년 2월 22일 폴스에듀 대표 박기천

‖ 목차 ‖

책을 출간하며   … 4

인생 저서를 완성하라, 그리고 한국을 딛고 세계에 서라 (박기천 작가)

Chapter 1 '세계적인 사람이 될 거야', 어느 시골 소년의 꿈   … 13

Chapter 2. 소대장을 통해 사람을 배우고, 유학을 통해 세상을 보다   … 22

Chapter 3. 시골 소년, 글로벌 무대를 누비다   … 31

Chapter 4. 인생 저서를 완성하라, 그리고 한국을 딛고 세계에 서라   … 40

도전하고 노력하고 감사하라 (오홍관 작가)

Chapter 1. 리더는 타인의 삶을 이롭게 하는 사람   … 49

Chapter 2. 가난이라는 굴레   … 58

Chapter 3. 환경은 적응하는 것이 아니라 극복하는 것   … 65

Chapter 4. 도전의 가장 큰 적은 경험하지 않은 자들의 조언   … 73

작은 골목에서 인생의 길로, 리더가 된 나의 여정 (이재호 작가)

Chapter 1. 경험이 곧 배움이다, 작은 골목에서 피어난 꿈   … 89

Chapter 2. 도전의 시간, 리더의 씨앗을 심다   … 103

Chapter 3. 프랜차이즈를 책임지는 리더, 멈추지 않는 도전   … 108

Chapter 4. 나를 만든 것은 내가 걸어온 길, 이것이 곧 나의 브랜드다 … 114

도전하지 않는 삶, 변화는 없다 (손창우 작가)

Chapter 1. 도전을 즐기는 아이 ⋯ 125

Chapter 2. 일단 해 봐야 알지 ⋯ 132

Chapter 3. 들어 봤지? Never give up! ⋯ 138

Chapter 4. 그래, 지금이 딱! 좋아. 시작해 봐 ⋯ 153

집성촌 촌놈, 강남에서 성공을 외치다 (노국영 작가)

Chapter 1. MZ가 들려주는 MZ는 모르는 집성촌 이야기 ⋯ 161

Chapter 2. 'S대' 입학 전 10년간의 이야기 ⋯ 171

Chapter 3. 코로나로 바뀐 직무, 광고 대상을 받다 ⋯ 178

Chapter 4. 집성촌 촌놈, 강남에서 성공을 외치다 ⋯ 185

연결하라 (백종우 작가)

Chapter 1. 촌놈, 대학 가서 ROTCian으로 거듭나다 ⋯ 199

Chapter 2. 통신은 나의 운명 ⋯ 203

Chapter 3. 연결하라 ⋯ 212

Chapter 4. Givers Gain ⋯ 218

인생 저서를 완성하라, 그리고 한국을 딛고 세계에 서라

Chapter 1 '세계적인 사람이 될 거야', 어느 시골 소년의 꿈

Chapter 2 소대장을 통해 사람을 배우고, 유학을 통해 세상을 보다

Chapter 3 시골 소년, 글로벌 무대를 누비다

Chapter 4 인생 저서를 완성하라, 그리고 한국을 딛고 세계에 서라

• 저자 프로필

박기천

(現)폴스에듀 대표
(前)WISE AI 사업센터장
(前)블록체인기술연구소 사업팀장
(前)우송대, 한신대 디지털콘텐츠학과 겸임교수
(前)한국수입협회 국제협력실
(前)한국잡지협회 국제교류팀
건국대학교 문화콘텐츠학 박사수료

전자우편 : keepitout@nate.com

이제는 글로벌 시대를 피해 갈 수 없다. 한 국가를 뛰어넘어 한 대륙, 한 지구 공동체로 확대된 활동 범위의 중심에 우리는 살아가고 있다. 어린 시절 '세계적인 사람이 될 거야'라고 외치던 지방의 어느 시골 소년은 영어, 중국어를 자유롭게 구사하며 한국을 발판 삼아 세계 무대를 폭넓게 체험했다. ROTC 장교 전역 후, 곧장 미국으로 출국하여 2년여의 거침없는 유학 생활을 마치고 한국으로 돌아 온 그는 영어 강사를 시작으로 외국인팀장 비서 업무를 거쳐 한국잡지협회 국제교류팀과 한국수입협회 국제협력실에서 다양한 국제 콘퍼런스 및 전시회를 기획하고, 연 10회 이상의 해외 출장을 통해 다양한 글로벌 실무 경험을 쌓았다. 또한 IT 업계인 블록체인과 인공지능 분야에서 마케팅 및 커뮤니케이션 업무를 하면서 계속하여 새로운 융복합문화기술 영역으로 도전하고 시야를 넓혔다. 그는 진정한 글로벌 리더는 '자신의 풍부하고 소중한 인생 경험을 저서를 통해 도움을 필요로 하는 많은 사람들에게 인생스토리 콘텐츠로 함께 공유하고, 그것을 기반으로 한국을 딛고 세계로 도약하며 꿈꿔 왔던 글로벌드림을 이루어 가는 사람들'이라고 정의한다.

Chapter 1

'세계적인 사람이 될 거야',
어느 시골 소년의 꿈

저자 어린 시절 모습

시골 유치원에 들어가는 날, 나를 반겨 주던 친구들의 모습이 아직도 기억에 휜하다. 지금 생각해 보면 시골 풍경과 사람들은 여전히 넉넉하고 정이 많다. 7살이 되던 해, 나는 반 친구들의 환영을 받으며 청주시 가덕면의 한 초등학교 유치원에 입학했다. 아버지와 어머니는 대학에 근무하셨는데 아버지가 청주대학교 체육교육학과 교수로 근무를 시작하시면서 우리 가족은 서울에서 청주로 옮겨 갔고, 나는 청주에서 태어났다. 형과 나는 청주에서 성장하면서 결국 청주대에 입학하고 그곳에서 ROTC 후보생 생활도 잘 마쳤다. 어쩌면 청주라는 도시는 훗날 우리가 서울과 성남, 그리고 미국, 유럽으로 뻗어 나가는 디딤돌이 되어 주었다. 그렇게 나는 청주에서 서울로 취업하여 상경하고 결혼하여 성남에 살게 되어 나의 자녀들은 분당이 고향이 되었다. 아기였던 내가 이제는 가장이 되어 인생의 제2막을 달리고 있다. 지금 생각해 보면 어린 시절

부모님은 나와 형에게 많은 것들을 체험할 기회를 제공해 주신 것 같다. 우선 아버지와 어머니는 하나님을 믿으셨고 어린 우리들과 교회 생활을 함께 하셨다. 그래서 자연스럽게 믿음을 가지게 되었다. 또한 체육 집 안답게 운동이면 운동, 여행이면 여행 등 많이 도전하고 많이 보고 배울 수 있는 환경을 마련하셨다. 초등학교 때 우리는 스키, 승마 충북 대표로 선수 활동을 했고, 나는 높이뛰기, 씨름 선수로 학교를 대표했다. 타고 난 운동 실력으로 수영과 장거리 달리기에도 두각을 나타냈다. 초등학 교 때 축구선수가 되고자 꿈을 꾸었으나 형이 축구선수 생활 중 무릎을 다치면서 나도 축구선수의 길을 접었다. 중학교 때는 일반 학생에서 마 라톤 선수로 전향할 고민을 하기도 했지만 부모님과의 상의를 거쳐 운 동선수가 아닌 평범한 학생으로 공부와 운동을 병행하는 것이 좋겠다는 결론을 내렸다. 어린 시절 많은 운동을 경험하고 국내외 여행의 기회를 만들어 주신 부모님께 감사한다. 지금 내가 자녀들을 키워 보니 학원 몇 개 보내는 것도 만만치가 않다. 나의 자녀들인 주아와 희람이가 하나님 을 사랑하고, 체력과 인성과 지성을 겸비한 건강한 아이들로 성장하기 를 바란다.

흙과 공기가 좋아 시골로 이사한다는 부모님의 이야기처럼 정말 시골 의 공기는 깨끗했고 흙은 찰졌다. 그때부터 흔히 말하는 자연에서 뛰노 는 천방지축 유년시절이 본격적으로 시작된 것 같다. 하루 일과가 노는 것으로 시작해서 노는 것으로 끝나도 어느 누가 잔소리 한마디 하지 않 았다. 초등학교 2학년이 되었을 때, 얼떨결에 받은 전교 1등 성적표를 보 신 아버지는 내가 공부만 하는 아이로 성장할까 우려하시어 내가 저학 년임에도 불구하고 과감히 육상부에 집어넣으셨다. 4학년 때부터 활동

3대가 함께 찍은 가족사진

이 가능한 초등 육상부에 조기 가담할 수 있었던 것은 체육선생님과 아버지 사이의 윗선에서 뭔가 모를 거래가 있었던 것이 확실하다. 이렇게 하여 나의 유년시절은 매일 뛰고 노는 것이 전부였던 것으로 기억된다. 어린 시절부터 남들 앞에 서고 나서는 것을 좋아했던 나는, 결국 초등학교 학생회장에 당선되었다. 그 때부터 나도 모르게 친구들 사이에서 리더십을 발휘하는 마음이 조금씩 생겨난 것 같다.

초등학교 6학년 학생회장 당선 소감

초등학교에서 중학교로 넘어간다지만 시골에 학교는 몇 개 되지 않기 때문에 대부분의 초등 동창들이 중학교에도 그대로 모였다. 3년간의 중학교 생활 중에 지금 기억에 남는 것은 축구했던 것밖에는 없는 것 같다. 그렇게 초등학교 졸업 후 뛰놀며 중학교에서의 또 다른 3년을 보내고 나서, 나는 인생의 큰 선택 앞에 놓이게 되었다. 워낙 운동을 좋아하고 감각이 있었기 때문에 육상부 선생님이 고등학교를 운동 특기생으로 가 보는 것은 어떻겠냐고 제안하셨다. 종목은 마라톤이었다. 그 당시 8km 역전마라톤 대회에 출전했던 기억이 나는데 마지막 결승선 통과 전 1km 구간은 정말 온몸에 힘이 빠지고 내 팔인지 내 다리인지 느끼지 못할 정도로 힘이 들었다. 운동선수보다는 일반 학생으로 학교생활을 하기로 부모님과 상의하여 최종 결정을 한 후, 중학교 남은 기간 동안 공부에 집중하여 인문계 고등학교에 입학하기로 목표를 세웠다.

고등학교에 입학한 후 3년간 등하굣길에 양손에는 도시락 2개를 날마다 들고 학생 신분을 말해 주는 교복을 입고 그야말로 밥 먹듯이 학교와 집을 오갔다. 인문계 고등학교의 그 엄격한 규율 속에서도 나는 축구하기를 멈추지 않았던 것 같다. 2개의 도시락과 2벌의 운동복이 내 가방을 날마다 가득 채웠다. 나름대로 밤낮으로 성실히 공부했던 것 같은데 오히려 공부 스트레스를 이겨 내기 위해 더욱 열심히 축구에 몰두했던 것 같다. 고등학교 축구 동아리 회장까지 맡게 되면서, 공부에 좀 더 집중하라는 담임 선생님의 강력한 잔소리에도 아랑곳하지 않고 수업 시간 이외의 대부분 시간에는 마치 축구선수처럼 운동장을 활동 무대로 정하고 쉬지 않고 땀 흘리며 뛰어다녔다. 그러다 보니 수능이 몇 개월 앞으로 다가왔다. 수능이 100일 정도 남았을 때 담임 선생님이 부르셨다. '기천아, 이제 수능도 3개월 남았는데 공부 제대로 해야 하지 않을까?'라고 말씀하셨다. 그때 고3 담임 선생님의 진심 어린 눈빛에 온 마음이 녹아 버렸다. 자주 다른 학교와 축구 시합을 벌이고 운동 좀 한다는 반 친구들을 선동하여 축구에 올인 했던 나를 선생님은 마음으로 이끌어 주셨다. 한번은 인근 학교와 10만 원을 걸고 방과 후 축구 시합을 한창 벌이고 있던 나를 심각하게 혼내시면서 그날 저녁 집에 직접 방문하셨다. 그리고 대학에 가기 위해 운동을 줄이고 수능 준비를 절실히 해야 한다는 설명을 나와 부모님께 친절히 말씀해 주셨다. 그때 진정 선생님이 나의 앞날을 생각해 주신다는 것을 다시 한 번 느끼고, 그날 이후 축구하기를 멈추었다. 그리고 전념하여 공부에 몰입했다.

수능을 본 후 대학 전공을 놓고 인생 두 번째 선택의 기로에 섰다. 이 때부터 아마도 인생을 뒤돌아보면서 나의 성격은 어떠한지, 좋아하는 것은 무엇인지, 어떤 일을 잘 할 수 있는지, 무엇을 싫어하는지 등을 놓고 선택 앞에서 곰곰이 생각해 보는 훈련을 해 왔던 것 같다. 곰곰이 생각해 보니 어렸을 때부터 팝송을 즐겨 듣고, 영어와 체육 과목 시간을 가장 설레게 기다리며 학교 일과를 시작했던 것 같다. 청주 시내에 가기 위해 집에서 30분을 걸어 정류장까지 가는 그 시골길을 걸어갈 때면 팝송을 흥얼흥얼 부르며 심심함을 달랬다. 그 시골길에서 나는 여러 번 다짐했다. "훗날 어른이 되면 이 시골보다 더 넓은 전 세계를 비행기로 오가며 사람들을 만나며 활동하는 세계적인 사람이 될 거야"라고! 그 꿈을 향한 의지가 두 번째 선택에서 드러났다. 2000년 대학 입학 시절 TV 뉴스와 신문 기사를 통하여 그 당시 중국이 머지않아 10년 내로 미국을 능가하고 세계 최고의 나라가 될 것이라는 전망들이 속속 쏟아져 나오고 있던 참이었다. 어머니 아버지와 미래를 생각하며 하루 종일 진지하게 대화했다. 그러던 와중 문득 고등학교 시절 암기 과목을 그다지 좋아하지 않았던 나를 생각하게 되었고, 수학을 공부할 때 의무적으로 했던 과거를 회상했다. 또한 남자 고등학교 시절보다는 남녀공학이었던 초, 중등 시절이 더 즐거웠었다는 기억이 들었다. 부모님도 교회 생활과 살아가는 데 있어서 영어 그리고 중국어의 필요성과 중요성을 이야기해 주시면서 전공 선택의 고민을 함께 해 주셨다. 결국 시골길에서의 다짐은 나를 인문대학 중어중문학과로 이끌었다. 그리고 따뜻한 봄날 설레는 마음으로 청주대학교에 입학했다. 입학할 때만 해도 많은 것을 고려한 최고의 전공 선택이라고 자부했다. 다만 내가 한자를 그다지 좋아하지 않는 중문학도라는 사실은 졸업할 때 즈음 깨달았던 것 같다. 지금 생각해 보면 한국에서 고등학교를 졸업하고 대학 캠퍼스를 시작한다는 것은 여러모로 의미가 많다. 무엇보다도 스스로 시간표를 짜는 것부터 시작하여, 넘쳐나는 시간을 어떻게 활용하느냐의 자유가 관건이다. 대학 생활은 일생에 단 한 번 있는 낭만의 시기라는 말이 시간의 자유라는 것을 두고 한 말일 것이다. 캠퍼스 생활은 그야말로 자유 의지를 가지고 본인이 스스로 하는 생활이었다. 중국어 공부도 미래에 대한 준비도 일류대학에 입학했든지 지방대학에 입학했든지 하기 나름이라는 것을 깨달았다. 대학 시절 가장 기억에 남는 것은 중국어 원어 연극이었다.

2003년 대학교 중어중문학과 4학년 시절 인문대학 앞에서

대학 입학 때부터 나는 장교가 되기 위해 학군후보생을 지원할 예정이

었기 때문에, 중문과 학생들은 한 번쯤 다들 간다는 중국 유학을 포기하고 원어 연극을 나의 유학 생활이라 생각하고 방과 후 많은 시간을 들여 최선을 다해 연극 대본을 외우고 연극 선후배들과 어울렸다. 대학 시절 2학년 때는 중국어 원어 연극 주인공을 4학년 때는 총연출을 맡았다. 연극부에서 생활은 그야말로 대학 전공 생활의 꽃이었다. 그때는 왜 그렇게 열심히 했나 싶을 정도로 매일 중국어 성조와 발성 연습을 하고, 중얼중얼 걸어 다니면서도 대본을 외우는 데 온통 정신이 빠져 있었다. 연극 무대에 서기 위해 쑥쓰러움을 없애야 한다면서 후배들에게 길거리에 지나다니는 사람들을 대상으로 연극 대본을 말하거나 동작을 연습하는 훈련을 시켰다. 2년마다 개최되는 원어 연극을 2번 참여하면서 만족스런 중어중문학과 전공 생활을 마칠 수 있었다. 여러 사람과 한 가지 목표 달성을 위해 부대끼며 팀워크를 발휘했던 추억들이 훗날 나에게 좋은 자산이 되었다.

Chapter 2

소대장을 통해 사람을 배우고, 유학을 통해 세상을 보다

2학년 초에 학군단에 지원하여 수
능, 성적, 체력, 신체 검사, 신상 확인
등의 모든 절차가 끝난 후 나는 자랑
스러운 대한민국 R.O.T.C 장교 후보
생이 되었다.

　뭔가 열심히 하고 싶은 의지가 강했
던 그 당시 3~4학년을 학과 생활과 반
군인 장교후보생 생활을 병행했던 나
와 학군 후보생 친구들은 대학을 졸업
하던 그 해, 상무대라 불리는 예비 장
교 훈련소로 입소했다. 흔히 R.O.T.C
장교라고 하면 문무를 겸비한 구두가
늘 반짝이는 멋쟁이 후보생들인 줄 알

2003년 대학교 4학년
R.O.T.C 2년차 후보생 시절

지만 실상을 들여다보면 1명의 장교를 만들기 위해 적잖은 군사훈련과
정신 무장을 위한 교육들의 과정들이 연속적으로 이루어진다. 상무대는
소위로 임관하여 장교가 되기 위한 4개월 동안의 최종 종합 군사훈련 과
정이라고 할 수 있다. 날카로운 눈빛의 훈련 교사 및 조교들의 통제 속에
유격을 포함한 고강도의 훈련이 상무대 훈련소에 마련되어 있었다.

　지금 생각해 보면 그 당시 나의 한계를 뛰어넘는 아니 뛰어넘어야만
했던 고된 훈련이 지금 살아가는 데 있어서 없어서는 안 될 중요한 자산
이자 인내심의 원동력이 된 것 같다. 상무대를 마치고 내가 예상했던 전
방이 아닌 군수사령부 예하 제천에 위치한 탄약창 경계소대장으로 임
무 배치되었다. 소대장으로서의 2년간의 군대 생활을 통해 나는 '사람'

에 대해 배웠다. 군기, 훈련 등 여러 군대의 중심 요소들이 있지만 후방에 배치된 소대원들을 관리하고 그들과 상담하다가 2년이 금방 지나갔다고 말할 수 있을 정도로 소대원들과 소통의 시간을 많이 갖고 고민을 함께 했다. 어려운 가정환경과 험난한 인생길의 중심부에서 입대의 길을 택한 많은 소대원들의 상담 시간과 비례하여 군대 생활도 흘러갔다. 지금 돌아봤을 때 기억나는 것이 자대에 배치되던 그 첫날, 소대원들은 마치 계획이라도 한 듯 소대장 길들이기 작전으로 나에게 환영 대신 도전했다. 아마 장교들이 그 정도는 맞대응할 준비를 이미 마치고 자대에 올 것이라고는 차마 생각을 못 한 것 같다. 전역이 3개월 정도 남은 한 말년 병장이 자대 배치의 기쁨을 전한 환영식이 이뤄졌던 첫날, 내게 건방지게 도전했다. 마치 3개월 잘 대우해 달라는 느낌으로. 순간 혈압이 머리끝까지 오르면서 막 어깨에 부착한 따끈따끈한 초록색 견장을 땅을 내치며 '내가 오늘 너와 결판 내고 남한산성으로 간다'라고 외치며 맞붙으려는 순간, 그 병장은 중대원들이 보는 앞에서 조용히 꼬랑지를 내리며 내게 사과했다. 상황은 종료됐다. 상무대에서 남한산성에 간부 교도소가 있다고 지나가는 말로 살짝 들었던 것 같다. 어쨌든 그날 이후 새로 온 소대장이 보통내기가 아니라는 소문이 중대에 자연스럽게 퍼지면서 자대에서의 첫날 스토리는 나의 힘찬 군대 생활의 활로를 열어 주었다. 다양한 인생 경험을 가진 소대원들은 내 군대 생활을 풍부한 스토리로 가득 채워 주었다. 기억나는 소대원 중에는 입대 전까지 프로게이머를 준비하다가 원하는 대로 잘 안 되어 군대로 온 친구가 있었다. 게임을 하면서 인생의 많은 시간을 보내서 그런지 일반인들이 생각하는 방식과 생활 패턴이 많이 달랐다. 그 소대원은 성이 배 씨였는데 나와 입대 시기도 비슷했고, 2년 내내 '배이병을 아무 사고 없이 전역시키는 것이 내가 무사 전역하는 길이다'라고 몇 번을 맘속에 되새길 정도로 나를 힘들게 했다. 인간 사회는 보편성을 따르지 않는 사람을 때론 힘들게 하고 몰아가는 특성이 있어서 그런지 많은 병사들이 그 친구를 힘들게 했고, 그로 인해 나도 힘들었다. 그러나 특별한 사람을 군생활에 적응시키고 무사 전역시키는 것이 소대장의 가장 중요한 임무 중 한 가지가 아니었던가? 소대장의 권한을 최대한 동원해서 배이병을 보호했다. 아니 특별 대우했다. 내가 배이병을 관리하기 위해 택한 방법은 지속적인 운동과 면담이었다. 매일 그에게 축구를 시켰다. 때론 근무도 열외시키고 축구를 할 수 있는 환경을 제공하고 땀을 흘리며 여러 사람과 어울리며 운동에 관심을 가질 수 있도록 조치했다. 그리고 시도 때도 없이 불러서 면담하고 친절히 그의 인생 스토리를 들어 줬다. 처음에는 입을 다물고 열지 않던 그가 3개월이 지나던 때에 서서히 마음을 내게 열어 주었다. 그동안 많이 힘이 들었다고, 앞으로도 열심히 하려고 하는데 부디 많이 도와 달라고. 나에게 충성을 다했던 최측근 우등 병사들이 왜 배이병만 편애하시냐고 할 정도로 나는 그가 무사 전역하기를 바라면서 늘 근거리에서 지켜보며 함께했다. 결국 그는 2년간의 군대 생활을 마치고 당당히 무사 전역했다. '소대장님 정말 감사합니다'라고 마음을 표현하면서. 배이병은 아니 배병장은 나에게 소대장의 중요성을 절실히 일깨워 주었다. 어쩌면 내가 전역할 즈음에는 내가 그에게 오히려 더 고마웠다. 모두 우수한 군인들만 군대에 있다면 소대장은 결코 필요가 없을 것이다. 장교는 예상치 못한 상황에서 능력을 발휘하고, 어려움에 있는 부하들을 잘 관리해야 한다. 배병장은 내가 가진 소대장으로서의 잠재력과 리더십을 나의 극대치까지 발휘할 기회를 제공해 줬고, 어렵고 힘들더라도 간절하면 뭐든지 이루어 낼 수 있다는 것을 내 스스로 확인할 수 있게 해 주었다. 그리고 모든 중대원들이 그 과정을 지켜보면서 마음속으로 나를 진정한 장교로서 인정해 주었다. 결국 장교는 사람이 만들고, 사람을 위해 존재한다는 것을 깨달을 때쯤, 전역을 앞두게 되었다.

R.O.T.C 가족. 왼쪽부터 저자(청주대 42기), 아버지(연세대 12기), 형(청주대 40기)

군대 생활을 하는 동안 누구나 그렇듯이 전역 후 무엇을 할지에 대한 고민을 했다. 전역 6개월 정도가 남았을 때 본격적으로 두 갈래의 선택의 길에 들어서게 되었는데, 첫 번째 길은 군대 생활 동안 모아 놓은 돈으로 대학원 공부를 하면서 취업하는 것이었고, 또 다른 길은 미국으로 유학을 떠나는 것이었다. 쉽게 말해 하나는 고학력의 국내파가 되는 것이고, 다른 하나는 유학파가 되는 것이다. 군생활을 하는 동안 산속에서 많은 시간을 보내서 그런지, 내 선택의 추는 바다를 건너 더 넓은 세계를 보는 쪽으로 많이 기울어졌다. 26살 이때가 아니면 해외를 몇 년 동안 나간다는 것이 결코 불가능할 것으로 판단되었기 때문이다. 또한 친형이 장교 전역하고 이미 미국에서 유학을 하고 있었기에 유학 첫 출발점에서 적지 않은 격려와 도움을 받을 수 있었다. 말년 휴가 중 모든 준비를 마친 나는, 전역 다음 날 곧 바로 미국행 비행기에 몸을 실었다.

초등학교 때 부모님을 따라 잠시 미국 캘리포니아를 다녀온 적이 있었는데, 그때는 말 그대로 그냥 부모님을 따라 미국에 간 것이었다. 그러나 전역 후 성인 되어 나의 의지에 의해 직접 방문한 미국은 예전의 환상적인 미국이 아닌 극히 현실적인 미국의 얼굴로 나를 기다리고 있었다.

요즘은 미국에서 한국어만 할 줄 알아도 살 수 있는 편한 세상이 되었다고는 하지만, 보다 적극적인 인생을 살고 싶다면 이왕 미국에 간 이상 영어를 제대로 공부하는 것이 좋다. 나 또한 한국에 있을 때부터 영단어장, 문법책, 팝송 등을 병행하면 영어 실력을 쌓기 위해 노력했던 것이 기억난다. 내가 미국에서 영어다운 영어를 제대로 배우는 데에는 교회 생활의 영향이 컸다. 원래 우리 집은 윗세대부터 하나님을 믿는 집안이었지만 내가 개인적으로 하나님과 친밀한 교통을 하기 시작한 것은 고3 수험생 시절부터 시작하여 미국 유학 시절이 절정기였다고 말할 수 있다. 군대 생활까지 모두 마치고 26살에 시작한 낯선 미국 생활은 내가 하나님을 더욱 의지하게 만들기에 충분했다. 군대 생활을 포함한 한국의 문화 일체를 습득한 성인이 된 후, 다시 마주한 미국은 온갖 새로움으로 내게 다가왔고, 그러한 미국 생활에 적응하고 견디는 과정에서 나는 매일 저녁 교회 성도들의 집에 방문하여 영어로 찬송을 부르고, 영어 성경과 메시지를 함께 읽었다. 영어 문법과 발음 관련해서 성도들이 수시로 지적해 줘서 교정할 수 있었다. 하나님이 도우신 것이 유학 1년여 만에 내 영어 실력은 5년을 미국에서 살았다는 사람들의 수준을 능가했음을 내 스스로도 느낄 수 있었다.

나에게 있어서 미국 문화의 진수는 밑바닥의 일상생활에서 맛볼 수 있었다. TV로 보는 필터링 된 문화가 아닌 일상에서 체험되는 서민들의 밑뿌리에서부터 우러나오는 문화가 결국 미국을 이끄는 원동력임을 피부로 느끼고 마음으로 깨달았다. 1년여의 미국 유학 생활 즈음에 군대에서 장교 생활을 하며 꾸준히 저축한 자금이 막 바닥을 보일 무렵, 나는 과감히 파트타임의 세계로 뛰어 들었다. 환경이 사람을 만든다는 것을 그때 실감했다. 당장 방값이며 교통비, 식대 등 생계에 제한을 느꼈고 생계 유지를 위한 활동을 시작해야만 했다. 우선 무엇을 해야 이곳에서 수입 자금을 마련할 수 있을까? 고민하던 차에 대학 전공인 중국어는 일단 접어두게 되었으며, 경쟁력 있는 취미인 운동으로 승부를 걸어야만 했다. 미국은 일반인들이 수영을 많이 즐기는 나라이기 때문에 한국 마트 등 홍보가 가능한 장소 게시판에 'Personal swimming training'이라고 적힌 홍보용 게시글을 무작정 붙이고 나서 연락이 오기를 기다렸다.

기대 반 걱정 반, 연락이 올까 안 올까, 내가 무모한 홍보를 했나 하고 생각하기를 3일, 핸드폰이 울리고야 말았다. 나를 찾아 준 고객은 프로골퍼를 준비하는 중학교 3학년 아들을 둔 한국인 아저씨였다. 한국인이어서 더 그랬는지 내게 일할 수 있는 기회를 준 그 아저씨에게 정말 눈물나게 고마웠다. 조건도 파격적이었다. 하루 2시간씩 웨이트와 수영을 개인 지도하고 매달 현금 1,000달러를 현찰로 받았다. 밀렸던 방값도, 엥꼬가 나려고 하던 차 주유 탱크도 조금씩 제 위치를 찾아갔다. 연락이 와서 일자리를 갖게 됐다는 자신감에 오후에 일할 레스토랑까지 연거푸 수소문해서 알아보았다. 마침 스시 레스토랑에서 사람을 구하던 차에 하루 5시간 오후에 일할 수 있게 되었다. 결국 오전에 2시간 수영을 가르치고, 오후 5시간 스시 레스토랑에서 주문을 받고 음식을 포장하고 설거지하는 일을 했다. 그동안 한국에서는 경험하지 못한 이국땅에서의 새로운 일을 큰 꿈을 가지고 쉬지 않고 해 나갔다.

2007년 미국 캘리포니아 유학 시절 룸메이트 친구들과 함께
(Brother's house of church in Diamond Bar, CA)

그렇게 1년 반이 지났을까? 내 몸과 마음은 어느 정도 미국에 적응이 되어 있었고, 수입도 어느 정도 유지할 수 있는 자신감도 생겼다. 그런데 언젠가부터 가슴 한편에서 몰래몰래 꿈틀대던 한국에 대한 그리움이 점차 커지기 시작했다. 또한 그 시점부터 건강이 예전 같지 않음을 느

졌다. 식사를 꾸준히 제때 제대로 하지 못하는 데다가, 공부와 파트타임 일의 병행으로 이래저래 체력 소비가 많기도 했다. "체력 하면 박기천인데"라는 말은 내가 미국에 온 이후로 이미 물 건너간 것만 같았다. 그렇지만 큰맘 먹고 건너온 미국에 고작 그리움을 못 이겨 한국으로 방향을 돌릴 수는 없는 노릇이었다. 그러기에는 뭔가 시시하고 나답지 않다고 느꼈다. 그동안 고생한 것도 이쯤 와서 애매모호하게 한국으로 돌아가려고 한 고생이 아니라, 미국에 확실히 자리를 잡아 미국 땅에 살기 위해 꾹 참고 견뎌 온 것이 아니었던가. 그러나 그런 마음은 오래가지 않고, 미국에 건너간 지 2년째 되던 그해, 결국 나는 건강과 대학원과 또한 한국에 대한 그리움, 그리고 하나님의 안배하심에 의해 사랑하는 고국, 한국 행 비행기에 다시 몸을 싣게 되었다.

Chapter 3

시골 소년,
글로벌 무대를 누비다

2년여의 미국 유학 생활이 내게 준 가장 큰 교훈은 '쌓고 부수기'였다. 쉽게 말하면 밑바닥부터 공들여 탑을 쌓고, 정상까지 쌓고 나면 다시 허물고, 장소를 옮겨 다시 쌓는다고 할까. 26살 반까지 나는 평균 사람들 이상의 스스로에 대한 자부심과 승부욕과 자기정체성이 강한 사람 중 한 명이었다. 그러나 미국에서의 2년여의 환경은 한국에서 공들여 쌓은 나의 탑을 허물어뜨리기에 충분했다. 어쩌면 한국에서 쌓은 탑을 부수지 않으면 미국에서 새로운 탑을 쌓을 수 없을 것만 같았다. 그 탑은 바로 나 자신의 거만함과 좁은 견해와 같은 것들이었다. 특히 R.O.T.C 후보생과 장교 생활을 거치면서 치솟을 대로 치솟아 오른 그 특유의 자신감을 내려놓는 것이 가장 힘들었다. 그러나 내려놓았더니 새로운 탑을 쌓을 수 있는 길이 열리는 것을 느꼈다. 유학은 나에게 겸손함의 중요성을 깊이 일깨워 주었고, 언어 능력과 생존 능력을 강화시켜 주었다. 돈으로는 얻을 수 없는 매우 값진 교훈들이었다. 여기서 나는 젊은 후배들에게 취업 전 꼭 한번은 외국 생활을 경험해 보라고 권하고 싶다. 3개월도 좋고 6개월도 좋다. 여행도 좋고, 유학이어도 좋다. 무조건 나가라. 익숙한 한국 땅과 편안한 내 집 안방을 털고 일어나 고생길을 찾아 저 멀리 바다 건너 외국으로 떠나라.

나가면 예상치 못한 많은 새로운 환경들이 여러분을 두 팔 벌려 기다리고 있을 것이다. 그 환경들은 여러분에게 달콤하고 아늑한 무엇이라기보다는 오히려 그동안 여러분이 한국에서 골든 드림을 꿈꾸며 차곡차곡 쌓아 온 공든 탑을 짧은 기간에 임팩트 있게 날려 버려 줄 야무지고 귀한 환경들이다. 쉽게 말해, 얻기 위해 떠나는 것이 아니라 내려놓고 비우기 위해 떠나는 것이다. 군대를 마친 시점이 바로 차곡하게 쌓인 한국식 문화와 자아 고집을 훌훌 털어 버리고 사회생활로 진입할 수 있는 절호의 찬스다. 비워 내지 않으면 더 맛있는 것을 먹을 수 없듯이, 우리에게 자신도 모르게 쌓여 온 고정관념과 좁은 견해, 그리고 강한 고집을 큰 마음 먹고 바다를 건너면 그렇게 어렵지 않게 비워 낼 수 있다는 것이 내가 말할 수 있는 경험담이다. 비워 낸 후 다시 담는 한국 문화는 이전의 그것과는 또 다르게 자신에게 새롭게 다가온다. 그때부터는 한국식 마인드가 아닌 글로벌 마인드를 가지고 한국과 세계를 바라볼 수 있다. 더 멀리 도약하기 위해 낡은 공든 탑을 스스로 부수고, 새로운 멋진 탑을 쌓아 보자!

2017년 독일 이주 훈련 참석을 위해 가족과 함께 다시 방문한 미국 캘리포니아
(During the LME Immigration training in Full Time Training Center, Aneheim)

28살 어느 따뜻한 봄날, 나는 다시 쌓고 부수기의 연장선 안에서 한국 땅에 서 있었다. 내가 한국 사회로의 첫 취업을 한 곳은 영어 학원이었다. 그 당시 내가 가장 잘 할 수 있다고 생각한 것이 바로 영어로 무언가를 하는 것이었는데, 마침 청주에는 교육 도시라서 그런지 영어학원가가 잘 발달되어 있었다. 그렇게 어렵지 않게 영어학원 강사로서의 생활을 시작하게 되었고, 그해 대학원 석사과정도 함께 시작했다. 그 따뜻한 봄날 이후로 현재 15년 이상 직장 생활과 대학원 공부를 쉬지 않고 병행해 오고 있는 내가 한편으로 대견스럽기도 하다. 미국에서 쌓은 탑은 귀국 후 한국에서 지금까지 여러 해 동안 다시 잘게 부수어지고 다듬어지고 있다. 어쩌면 인생이 평생 이처럼 탑을 쌓고 부수기의 연속일지도 모른다는 생각이 든다. 많은 종류의 탑을 다양한 장소에 여러 번 쌓고 부수어 본 사람을 우리는 경험이 다양하고 많은 사람이라고 표현하는 것이겠지. 그 탑은 때로는 스스로의 필요에 의해 부수기도 하고, 환경이나 타인에 의해 가차 없이 부수어지기도 한다. 나는 이것이 하나님이 그분의 목적을 이루시기 위해 우리를 다루시는 과정이라고 믿는다. 때론 사람의 생각으로 이해가 되기도 하고 때론 결코 이해할 수 없는 일들이 인생을 살면서 자주 일어나곤 한다. 그럴 때마다 나는 하나님을 더욱 의지한다. 그리고 힘을 얻는다.

영어 강사를 3년 정도 한 후 장시간 강의와 아이들과 학부모에 지쳐 영어 강사로서의 생활에서 벗어나고 싶은 맘을 위로하며, 때마침 서울 여의도에 소재한 한국잡지협회라는 곳에 이력서를 던졌다. 미디어 분야 국제기구와 네트워크를 하고 국제 콘퍼런스 및 전시회를 기획하고 진행하는 국제협력 업무 분야의 채용공고를 우연찮게 보았던 것이다. 외국어와 행사 기획 좀 한다는 실력 있는 지원자들 간의 치열한 입사 경쟁 속에서 마침 중국어와 영어 2개 외국어를 자유롭게 구사한다는 이유로 운 좋게 높은 경쟁률을 뚫고 여의도에 발을 딛게 되었다. 시골 소년이 드디어 고향에서 벗어나 상경하게 된 것이다.

최종 면접 후 출근 날짜가 정해지게 되었고, 서울로 무작정 올라오면서 머물 집을 알아볼 시간적 여유가 없던 나는 2011년 봄, 여의도 근방 어느 찜질방에서 첫 출근을 시작했다. 찜질방에서 출근하던 1주일간 마음 깊은 곳으로 나 자신에게 울부짖었다. '서울에서 반드시 성공하겠노라'고. 그리고 14년이 지난 지금, 서울은 내게 고향보다 편하고 익숙한 보금자리이자 활동 공간이 되었다.

한국잡지협회에서 국제교류 및 협력 업무를 하면서 난생 처음 국제기구와 이메일과 유선으로 연락도 해 보고 업무 차 해외 출장도 다녀 보았다. 영국, 인도, 대만, 중국, 일본 등 다양한 국가를 돌아다니며 국제협력 업무에 재미를 더해 가기 시작했다. 영어 강사보다는 국제협력일이 적성에 잘 맞았다. 한국잡지협회를 시작으로 한국사물인터넷협회를 거쳐 한국수입협회 국제협력실로 이직하면서 알찬 경력이 조금씩 자리를 잡아 갔다. 국제협력 업무를 하면서 가장 기억에 남는 행사는 잡지협회 근무 시절 약 1년을 꼬박 준비하여 개최했던 'FIPP 아시아·태평양 디지털 매거진 미디어 콘퍼런스'이다.

2012년 국제협력 분야 취직 후 처음으로 개최한 국제 콘퍼런스, 맨 왼쪽이 저자

내가 기획하고 준비한 최초의 대규모 국제 콘퍼런스라서 그런지, 매우 값진 경험이자 추억으로 내 기억 속에 남아 있다. 그 국제 콘퍼런스가 종료되는 마지막 날, 내 마음속에 뭔가 깊은 깨달음이 있었다. 그것은 바로, '결과는 순간적인 것이지만 과정은 오래오래 남는다'는 것! 한 사람의 현재 실력은 결코 그 사람이 그동안 만들어 낸 결과로부터 나오지 않고, 그 결과를 만들어 내기까지의 과정에서 차곡차곡 쌓인다는 것을 지금은 알게 되었다. 그래서 요즘 나는 어떤 일을 할 때 결과에 치우치지 않고, 그 과정이 어떠했는지, 그 과정 동안 내가 무엇을 얼마나 배웠는지에 초점을 둔다. 그렇게 생각하다 보니 결과가 성공으로 판단되었든지, 실패로 판단되었든지 결국 내가 얻어 가는 것은 그 과정이기 때문에 크게 낙담할 필요가 없다. 때론 노력하고 최선을 다해도 결과가 실패로 끝나 버리는 경우가 있는데 그 과정이 성공이었다면 그것은 성공이다. 그런데 여기서 가장 중요한 것은 그 과정의 성공 여부는 본인 스스로가 가장 잘

안다는 것이다. 주변에서는 그 과정을 성공했거나 실패했다고 그들의 판단 기준에 근거하여 쉽게 말할 수 있지만, 결국은 본인 스스로가 그 과정의 성공 여부에 대해서는 가장 잘 알고 있는 것이다. 그래서 주위 눈초리나 어떤 일의 결과에만 너무 집착할 필요는 없다. 어떤 일을 함에 있어서 상대방에게 피해를 주지 않는 범위 내에서 본인 스스로에게 떳떳하게 추진할 수 있는 나만의 강한 의지가 필요하다. 그 의지가 결국 그 사람의 자신감이 되고, 이뤄 내고자 하는 일을 끝까지 포기 없이 넉넉히 성공시킬 수 있기 때문이다.

국제교류 및 국제협력분야의 일을 하고 싶은 후배들이 있다면 자타공인 국제협력전문가로서 몇 가지 조언의 말을 꼭 해 주고 싶다.

첫째, 문제 풀기 위한 외국어가 아닌 사람과 소통 가능한 실용 외국어를 익혀라!

둘째, 처음 보거나 접하는 사람과 상황을 빨리 파악할 수 있는 순간 판단력을 키워라!

셋째, 힘든 상황과 환경을 버텨 낼 수 있는 맷집을 키워 꾸준히 버텨라!

넷째, 가능한 빨리 자기 분야 전문가로서 인생 스토리 저서를 완성하라!

지금도 어쩌면 나는 2017년 아내와 두 자녀와 함께 독일로 이민을 떠날 준비를 마치고 유모차, 카시트, 온갖 짐들을 한 줄로 길게 배열시켜 놓고 공항으로 갈 리무진을 기다리던 때를 생생히 기억한다. 당시 시리아 상황으로 많은 난민들이 독일로 넘어오게 되면서 그들에게 하나님을 알리는 복음을 전할 필요성이 있었는데, 나는 아내와의 깊은 대화와 설득 끝에 가족과 함께 LME(Lord's Move to Europe)에 반응하기로 했다.

2017년 가족과 함께 이민 간 독일 슈투트가르트
(After visiting the Lord's day meeting of church in Stuttgart)

　어린 두 자녀를 데리고(당시 주아 3살, 희람 1살) 우리는 비행기와 차를 여러 번 갈아타고 미국에서의 한 달 간의 이주훈련(Immigration training)을 마치고 독일 뒤셀도르프로 향했다. 그곳에서 며칠간 형제자매님들을 만나고 시간을 보낸 후, 우리의 최종 목적지였던 아내가 엔지니어로 근무하던 회사의 본사가 있는 슈투트가르트에 도착했다. 독일은 내가 예상했던 것보다 터프했고, 날씨와 언어, 음식 등 모든 것이 낯설었다. 특히 우리가 머물렀던 시기인 독일 가을은 참 적응하기 쉽지 않았다. 그러나 우리를 반겨 주고 사랑으로 품어 주는 형제자매님들, 특히 빅터 가정을 만나면서 슈투트가르트에서 교회 생활과 함께 좋은 추억을 많이 만들 수 있었다. 미국과 독일에서의 가족들과 생활한 내용을 여기서 길게는 다 이야기하기 어렵지만, 전역 후의 미국 유학 생활, 그리고 가족과 함께한 독일 이민 생활, 이 경험들은 어느 교과서에 나오거나 석·박사 과정에서 가르쳐 주지 않고 가르쳐 줄 수 없는 일생일대의 소중한 경험이자 추억인 것은 확실하다. 특별히 외국 각지의 많은 형제자매님들을 만나고 함께 교회 생활을 해 본 것은 나와 가족의 우주적인 시야를 넓혀 주었고, 몸소 섞임을 체험할 수 있었던 소중한 시간이었다.

　지구촌이 작다고 느낄 정도로 세계적 교류가 활발해지고 글로벌화 되어 가고 있는 요즘, 국제협력 분야에서 일을 하고 싶다면 한국을 딛고 우뚝 서서 글로벌한 시야로 세계를 바라봐야 한다. 그럴 때에 자기 스스로의 현 위치를 알게 되고 세계의 정황도 정확히 인지할 수가 있다. 지피지기면 백전백승이라고 했던가? 겸손함으로 나를 먼저 보고, 큰 시야로 세계를 볼 때, 국제협력 업무의 큰 꿈에 과감히 도전할 자신감을 가질 수 있다. 외국인과 자주 접할 기회를 만들어 실용 외국어를 익히고, 새로운 환경에 도전함을 게을리하지 않음으로, 낯선 환경에서의 순간 판단력을 갖출 수 있도록 훈련할 필요가 있다. 또한 강한 내적, 외적으로 맷집을 꾸준히 단련함으로써 늘 기복이 있기 마련인 주변 환경들과 사람들의 어떠함에 요동치지 않도록 자신을 정비해야 한다. 끝으로 꿈을 향해 오늘도 있는 힘껏 열심히 달리고 있는 여러분의 가슴속 깊은 꿈에 한발 더 다가서기 위해 지금 바로 당신의 인생 스토리 저서 쓰기를 시작하라! 그리고 완성하라!

Chapter 4

인생 저서를 완성하라,
그리고 한국을 딛고 세계에 서라

일반인인 우리가 왜 저서를 써야 하는가? 일반인이기 때문이다. 우리는 언론을 통하여 유명 연예계나 정치계나 산업을 이끄는 사업가 영역에 잘 알려져 있지 않다. 그래서 우리의 인생 이야기를 듣고 싶어도 사람들은 듣지 못한다. 혹은 우리가 유명해서 많은 사람들이 안다고 해도 우리가 직접 자필로 인생 스토리를 담은 저서를 써서 그 스토리를 세상에 공유할 필요가 있다. 왜냐하면 누군가는 우리의 인생 스토리를 통해 반드시 절실히 필요로 하는 도움을 얻을 것이기 때문이다.

이 세상 많은 사람들이 주변에서 알아서 자신의 인생을 알아주고 대우해 주고 존경해 주길 원할지도 모른다. 나도 예전에는 나의 노력을 가족, 동료, 지인들이 알아주고 인정해 주기를 바랐는지도 모른다. 그러나 불혹이 넘은 지금, 이제는 조금 알 것 같다. 타인에 의해 수동적으로 나 자신이 알려지기보다 내 인생을 가장 잘 아는 내가 내 인생에 대한 글을 써서 능동적으로 나 자신의 삶을 세상에 알리는 것이 얼마나 중요한지를 말이다.

사회는 우리에게 많은 것을 주입시킨다. 우리의 학창 시절 교육이 그랬고 군대 훈련이 그랬고, 심지어 석·박사 대학원 과정의 교육도 그렇다. 하물며 우리 일과의 많은 시간을 차지하는 회사 생활은 안 그런가? 방침과 문화를 잘 따르고 적응하는 사람이 회사 생활을 잘한다고 한다. 그래서 나는 이직을 참 많이 했나 보다. 적응할 만하면 새로운 곳으로 옮기고 그 분야에 대한 학습이 끝나면 새로운 영역에 계속 도전해 왔다. 돌아보면 세계 역사상 오랜 전통의 인문학이라고 하는 중어중문학 전공생이 도전을 통해 전에는 공부해 본 적 없는 블록체인, 인공지능 회사로 이직해서 최신 IT 트렌드 기술을 접하고 연구하며 직장 생활을 했다는 것이 그 도전을 증명한다.

나의 더 원대한 꿈은 안정적인 IT 회사에서 성실히 급여를 받는 것에 있지 않다. 물론 가정 생계를 책임지고 정상적인 가정생활을 위해 당연히 회사 생활은 필수다. 그러나 이보다 한발 더 나아가고 싶은 바람이 있다. 사회가 우리에게 책임을 요구하고 안정을 추구하길 강요하는 것은 당연하다. 이 틀을 벗어나는 것은 상당히 어렵지만, 이 틀 안에서 우리는 무언가 할 수 있다. 바로 저서를 써서 능동적으로 내 인생을 알리고 나를 퍼스널브랜딩하는 것이다.

2016년 9명의 공동 작가들이 함께한 저서 쓰기 프로젝트1 '나는 프로페셔널 ROTCian'이다

최신의 발달된 인터넷 세상에 사는 우리들은 몇 달의 시간을 들여 나의 인생 저서를 완성하고 나면, 정말 다양한 방법으로 우리 자신을 퍼스널브랜딩할 수 있다. 회사에서는 회사의 주력 상품을 브랜딩하고 팔고 매출을 올리고 하는데, 왜 또 우리 인생도 브랜딩하고 팔아야 하는가? 회사에서는 월급을 받으려고 그렇게 한다고 치면, 퍼스널브랜딩은 자신의 가치를 끌어올릴 뿐만 아니라 주변에 나의 인생 경험과 조언을 절실히

필요로 하는 사람에게 큰 도움을 줄 수 있기 때문이다. 물론 이 도움은 수입으로도 연결된다. 누군가에게 도움을 주고 삶의 활력을 주는데 왜 돈을 써서라도 우리의 인생 이야기를 들으려 하지 않겠는가. 이번 6명의 공동 작가들과 2024년 10월부터 2025년 3월까지 6개월 간 함께한 공동 저서 쓰기 프로젝트는 이미 내 인생의 가장 좋은 추억 중의 하나가 되어 가고 있다. 공동 저서 쓰기 프로젝트를 하면서 내가 안다고 생각했던 나의 동기들도, 겉으로 먼저 판단했던 나의 선후배들도 내가 너무 겸손하지 못하게 그들을 판단했다고 생각 들었다. 저서에 담긴 그들의 성장기, 유년 시절, 대학 생활, 군생활, 사회생활, 그리고 세상에 그들이 내놓은 인생의 조언 이야기를 한 줄 한 줄 읽어 내려갈 때, 어찌 눈물과 감동 없이 그 글을 읽을 수 있겠는가? 이번 저서 쓰기 프로젝트를 통해 다시 한 번 깨달았다. 인생 저서는 반드시 필요하고 반드시 통한다는 것을!

인생의 서로 다른 시점과 환경 속에 살아가고 있는 많은 선배, 동기, 후배, 그리고 가족과 지인들에게 나는 자신 있게 인생 저서 쓰기를 추천한다. 잠을 줄이고 주말 시간을 반납하며 시간을 투자하며 강한 압박 속에 완성된 우리의 인생 저서는 그 스토리 자체가 많은 이들에게 위로이자 격려다. 주변 사람들에게 도움을 줄 수 있는 방법 중에 우리의 인생 스토리가 기여한다는 것은 얼마나 의미 깊은 일인가? 다만 그 스토리를 풀어내고 표현하는 것은 저자 자신이다. 회사나 가족이 이 이야기를 풀어내 줄 수 없다. 이제 당신의 이야기를 펼쳐 낼 준비가 되었는가? 많은 사람들이 당신의 이야기를 기다리고 있다. 당신은 이미 풀어낼 스토리를 가지고 있고, 풀어내야 할 사람도 당신이다. 다만 머뭇거렸다면 이제는 시작하라!

2024년 6명의 작가들이 함께한 저서 쓰기 프로젝트2 '내 인생 내 스토리' 저서 발표회

이번 ROTC 6명의 작가들이 함께한 저서 쓰기 프로젝트를 통해 『MY LIFE MY STORY』라는 책이 출간된다. 훈련을 통하여 우리는 후보생에서 장교가 된다. 공동 저서 쓰기 훈련을 통하여 우리는 작가로 세상에 나온다. 후보생, 문무대, 상무대 훈련 기간 동안 우리가 동기, 선후배들과 함께 흘린 땀은 우리를 떳떳한 소대장이 될 수 있게 하는 밑거름이다. 한 달간의 공동 저서 쓰기는, 그리고 이 강한 압박 속에 솟구쳐 올라 만발하는 우리 인생 스토리는 우리가 멋진 작가가 되게 하는 발판이며 결국 많은 사람들을 감동시킬 것이다. 이 감동은 또 다른 작가들의 출발점이 되고 우리 모두는 사회를 이롭게 하는 데 함께 기여한다.

사회 초년생 때 영어와 중국어를 구사하며 국제협력 업무를 하면서 다양한 국가를 경험한 것은 지금 내게 무엇보다 큰 자산이다. 미국, 영국, 인도, 싱가포르, 말레이시아, 인도네시아, 중국, 대만, 일본, 홍콩, 에디오피아, 태국, 베트남, 독일은 다양하고 글로벌한 세계를 내게 보여 주었다. 특히 소대장을 전역하고 바로 출국하여 유학 길에 올랐던 미국 캘리포니아, 결혼 후 가족 모두와 함께 이민을 떠났던 독일 뒤셀도르프와 슈투트가르트는 내게 잊지 못할 추억으로 가슴 깊이 남아 있다.

나는 지금 다시 한 번 꿈꿔 본다. 이제는 이러한 경험을 기반으로 『MY LIFE MY STORY』 저서와 함께 더 다양한 세계 무대로 작가들과 함께 진출하고 싶다. 그동안이 유학, 회사 출장, 그리고 이민이었다면, 이제는 내 인생 스토리를 강연할 글로벌 무대로의 진출이라고 할 수 있다. 함께 인생 스토리를 글로 풀어낸 다양한 현장 전문가들인 공동 작가들과 함께 우리의 열정을 고스란히 담은 한 권의 공동 저서와 함께 우리 모두는 과감히 도전할 것이다. 세계 곳곳에서 우리의 인생 이야기를 듣고 격려받고 꿈을 키워 갈 많은 사람들을 위해 우리는 달릴 것이다. 그리고 그 이야기들로부터 힘을 얻은 사람들은 그들의 이야기를 글로 쓸 것이다. 서로가 서로를 격려하고 이끌어 주는 원동력을 제공하는 인생 저서 쓰기와 인생 스피치야 말로 인생을 어느 정도 살아 본 소중한 경험이 있는 우리가 적극적으로 가야 할 방향이라고 생각한다. 그동안 많은 공부를 하고 다양한 현장을 경험하고 결혼을 하여 자녀들을 육아하고 한 분야의 전문가가 된 우리들, 이제는 누군가에게 힘이 되기 위해 그 인생 경험을 이야기로 전달하려 한다. 한국의 k-culture, k-wave가 전 세계를 휩쓸고 있는 요즘, 공동작가들은 또 하나의 새로운 k-붐을 일으키고자 한다. 노벨 문학상 작가를 배출할 역량이 있는 이곳 한국에서 우리는 일반인 작가로서 자칭 노벨 저서상을 받을 만큼 원대한 꿈을 가지고 글로벌 무대에 서 보려고 한다.

저서 쓰기를 통해 작가로서의 꿈을 함께 펼치게 될 『MY LIFE MY STORY』 공동 작가분들의 앞길을 응원하고 기대해 본다.

도전하고
노력하고
감사하라

Chapter 1 리더는 타인의 삶을 이롭게 하는 사람

Chapter 2 가난이라는 굴레

Chapter 3 환경은 적응하는 것이 아니라 극복하는 것

Chapter 4 도전의 가장 큰 적은 경험하지 않은 자들의 조언

• 저자 프로필

오홍관

(現) 신한라이프생명보험㈜
　　 FC사업그룹 한성사업단장
　　 서강대학교 경영전문대학원 경영학 박사과정
(前) 남양유업㈜ 영업관리부 감사팀
　　 12사단 근무 (향로봉-GOP소초장)
　　 경기대학교 ROTC 임관 (#41)
　　 경기대학교 인문학부 역사학 전공

전자우편 : hongkwan.oh@gmail.com

끊임없이 도전하며 살아왔다. 앞으로는 '**인생의 기쁨과 고충을 아는 멘토**'로서 살아가고 싶은 평범한 사람이다.

2003년 육군 소위로 첫 급여를 받은 이후부터 이 글을 쓰고 있는 2025년 2월까지 23년간 공백 없이 일하는 중이다. 그 중 19년은 영업현장에서 치열하게 살면서 최고의 성과를 내기 위해 노력하는 중이다.

35세의 나이에 보험영업조직 최고관리자인 지점장을 시작하여 11년째 함께 하는 사람들의 삶에 긍정적인 영향을 주려고 노력하고 있다.

'**리더는 社會的 家長이다**' '**리더는 타인의 삶을 이롭게 하는 사람**'이라는 사명감을 가지고 지금도 매일매일 최선을 다하며 살고 있다.

Chapter 1

리더는 타인의 삶을
이롭게 하는 사람

장래희망은 꿈이 아니다, 어른의 꿈은 명사가 아닌 '동사'이다

전역 후 2년간 몸담았던 남양유업을 떠나 ING 생명보험에 FC로 입사했다. 안정적인 수입과 기득권은 포기했다. 이직을 결심하며 세운 기준은 두 가지였다. 내가 지금 선택하는 직업은 경제적 시간적 자유를 가져올 수 있는가? 학력, 경력, 성별, 연령과 같은 내가 가진 배경이 아닌, 오롯이 내 성과에 따른 보상을 받을 수 있는가?

내 어렸을 적 꿈은 군인이었다. 생각해보면 군인이 되어서 나라를 지키겠다는, 멋진 제복을 입고 명예롭게 살겠다는 그런 목표가 아니었다. 여유롭지 못한 경제 상황에서의 유년 시절, IMF라는 국가적 경제 상황, 내가 무엇을 정말로 좋아하는지 정확히 알지 못했던 상황에서 나에게 주어진 몇 안 되는 선택지를 고른 것이었다.

나만 그런 것은 아닐 거라 생각한다. 대부분의 사람들은 본인이 무엇을 할 때 행복한지 정확하게 알지 못한다. 태어나 보니 살아 보니 해 보니 적어도 성인이 되기 전까지 내가 선택할 수 있는 경우의 수가 정해져 있었을 것이다.

처음 ING 생명 직무설명회에 참여한 날, 당시 40대 지점장님이 한 첫 질문이 내 가슴을 먹먹하게 했다.

"후보자님, 인생에서 정말로 이루고 싶은 꿈이 뭡니까? 있다면 그 꿈을 이루기 위해서 어떤 노력을 하고 있나요?"

이 질문에 바로 답을 할 수 있는 사람이 생각보다 많지 않을 것이다. 지금 나에게 이런 질문을 물어본다면, 며칠간 내가 하고 싶은 것에 대한 이야기를 할 수도 있겠지만, 당시 나는 어물거리며 대답을 잘 하지 못했다.

20여 년이 지나 사업단장으로 일하고 있는 지금도 FC 직업을 도전하려고 후보자들에게 하는 질문이기도 하다. 어린 시절 우리의 꿈은 대부분 명사로 표현된다. 바로 '직업'이다. 경찰, 군인, 간호사, 선생님, 요리사 등의 직업이다. 어른의 꿈은 명사가 아닌 동사, "~~~게 살고 싶다. ~~~을 하고 싶다."로 표현된다. 돈 걱정 없이 살고 싶다. 먹고 싶고, 사고 싶은 것 편하게 사고 싶다. 아이들을 좋은 학원에 보내 주고 싶다. 남편과 아내와 여행 다니며 살고 싶다. 등이다.

아이들의 꿈이 명사라면, 어른의 꿈은 동사이다.

지금의 나는 꿈이 너무 많아졌지만, 당시의 나는 한 가지 꿈을 꾸며 FC로서의 생활을 시작했다. 우리 아이들은 '아빠의 유년 시절의 고민은 하지 않으며 살길 바랐던 것', 그래서 '본인이 무엇을 좋아하는지 무엇을 했을 때 행복한지를 알도록 많은 경험을 해 주는 것'

그 꿈을 이루기 위해서 나는 무엇을 해야 할 것인가? 직장이 중요한 것이 아니라, 내가 가진 직업이 중요하다는 판단을 했고 열심히 생활했다. 내 꿈은 내가 사랑하는 사람들과 함께 경제적 시간적 자유를 누리며 내가 원하는 많은 것들을 하며 행복하게 사는 것이다. 그러기 위해서 지금도 하루하루 최선을 다해 열심히 살고 있다.

여러분의 꿈은 무엇인가요? 그리고 그 꿈을 이루기 위해 어떤 노력을 하고 계신가요?

WHY를 해결하라

영업이라고 하면 일반적으로 좋은 시선보다는 부담스러운 시선을 많이 가진다. 더욱이 보험 영업이라면 부담스러운 시선을 넘어서 거부감을 표현하는 경우도 많다. 내가 처음 영업을 시작할 때도 마찬가지였다. 호기로운 마음에 시작했던 FC로서의 시작은 그 마음과 결과가 많이 달랐다. 다 내 고객이 될 거 같았지만, 현실은 냉혹했다. 자신감만으로 좋은 결과가 나올 리 만무했고, 첫 달 6건의 보험계약으로 입사한 동기 중 최저 업적을 기록했다.

미국의 전략커뮤니케이션 Simon Sinek이 한 유명한 강연이 있다. 전 세계 1800만 뷰의 'GOLDEN CIRCLE-왜 해야 하는가'이다. 어떤 일을 할 때, 어떤 상품을 판매할 때 가장 먼저 선행되어야 하는 질문 "WHY"에 대한 이야기이다.

고객은 **"WHY"** 보험에 대해 부담스러운 시선을 가지고 있을까? "WHY" 나의 고객이 되어야 하는가? "WHY" 우리 회사에 지금 계약을 해야 하는가? "WHY" 보험을 가입해야 하는가? 끊임없는 "WHY"를 고민했다. 고객의 입장에서 생각을 해 보고, 제약, 자동차, 홈쇼핑 등 Sales에 대해 수많은 고민과 연구를 하며 생각을 정리하게 되었다. '우리 인생에 보험은 아주 필요한 상품이다. 다만 신뢰감을 가질 FC(컨설턴트)가 없다.'는 결론을 내렸다. 오랫동안 일하고, 나에게 맞는 상품을 권유하고, 부담을 주지 않으며, 계약을 한 이후에도 꾸준하게 본인의 책임을 다해 주는 FC가 필요한 것이다. 말은 쉬우나 행동을 하는 것은 매우 많은 노력을 요구했다.

WHY에 대한 끝없는 고민, WHY를 해결하면서 나는 좋은 성과를 내기 시작했다. 뚜벅이로 대중교통을 타고 전국을 다녔다. 찜질방에서, 고속버스에서, 기차에서 잠을 자며 영업 활동을 했다. 내 고객의 대부분은 서울이 아닌 지역에 거주하는 분들이다. 지인 영업보다는 소개 영업으로, 큰 계약보다는 작은 계약으로, 매주 3건 이상의 계약을 진행했고, 보험업계 명예의 전당인 MDRT 회원 자격도 취득했다. 힘들었지만 행복하고 즐거웠다. 소득은 자연스럽게 올라갔고, 내가 했던 경제적인 고민이 해결되기 시작을 했다.

💡 돈이 가지는 힘

'돈은 인생에서 가장 중요한 것이 아니라고 하던데 그거 다 거짓말인 거 같아.' '은퇴전야'라는 프로그램에 나온 주인공(대기업 명예퇴직, 아내의 투병으로 경제적 어려움을 겪는 이야기)이 대리운전을 하며 한 인터뷰 내용이었다. 누군가는 동의할 수도 안 할 수도 있는 이야기이다. 저자는 돈은 매우 중요하다고 생각한다.

돈은 힘이 있다. 이 힘을 어떻게 사용할 것이냐를 배워야 한다. 아이러니 하게도 우리는 돈의 중요성을 알지만 돈을 제대로 배운 적은 없다. 안정적인 직장은 없다. 경제적 안정은 많은 것을 선택할 수 있는 힘을 가진다. 돈은 중요하다.

그리고 돈은 의미 있고 가치 있게 써야 한다. 그렇게 돈을 쓸 때 돈이 가지는 긍정을 마주할 수 있다. 돈을 함부로 대하고 흥청망청 쓰면 그 돈은 부정을 가져오게 된다. 돈에 대한 저자의 생각은 아래와 같다.

돈을 잘 배워야 한다.
돈을 잘 모아야 한다.
돈을 잘 지켜야 한다.
돈을 잘 가르쳐야 한다.
돈을 소중히 여길 줄 알아야 돈으로부터 자유로워질 수 있다.

나는 간절했다. 하루에 3~4시간만 자면서 전국을 다니며 영업을 했다. 많은 돈을 벌었고, 연봉은 억대가 넘었다. 매월 1000만 원씩 저축을 했다. 나는 돈을 잘 버는 것만큼 돈을 잘 모으는 것이 중요하다고 생각하고 일을 시작했다. 내가 영업을 시작하면서 가진 첫번째 목표는 1년 안에 내 명의로 된 아파트를 마련하는 것이었다. 2007년 6월에 영업을 시작, 그해 12월 19일 경기도에 24평 APT를 매매했다. 내 인생의 첫번째 꿈이었던 '30살 이전의 내 집 마련'하기를 이뤘다. 눈물이 났다. 가난이라는 굴레를 벗고 싶어서 시작한 영업, 차가운 시선 속에서 시작했던 보험 영업으로 나는 꿈을 이뤄 갔다. 지금은 훨씬 더 큰 평수의 아파트에서 살고 있지만, 내 첫 집은 잊을 수가 없다.

보험 회사의 영업관리자로 일하면서 입사하는 신인 FC들에게 늘 하는 조언이 있다. 돈을 많이 버는 것만큼 중요한 것은 돈을 잘 모으는 것이다. 보험 영업에 실패하는 이유가 거기에 있기도 하다.

혼자 하면 꿈이지만, 함께하면 현실이 된다

　저자가 근무하던 ING 생명은 유럽계 금융그룹에 속한 회사였다. 당시만 하더라도 국내 보험사 대부분은 대졸 공채 직원을 채용해서 영업지점에 관리자로 발령을 내는 구조였다. 대부분의 외국계 보험회사는 FC로 2년 이상의 영업을 하고, 회사가 정한 영업성과를 달성했을 때 관리자로 승격을 시키는 구조였다. 내가 근무하던 ING 생명은 관리자로 불리는 부지점장과 지점장 전원이 FC출신이었고, FC가 영업총괄 부사장까지 승진할 수 있는 회사였다. FC의 Career Path 과정을 두 가지로 분류하여, 프로의 길과 리더의 길로 성장할 수 있는 비전이 있었다. 저자가 외국계 보험 회사에서 일을 하기로 마음을 먹은 가장 큰 이유였다. 2년간 FC로서 경험을 하고, 부지점장으로 Job Change를 했다. 부지점장이 되어서는 6년간 나와 같은 부지점장 4명을 배출했고, 함께 일하는 FC의 숫자가 30명이 넘어갔다. 보험 영업을 시작한 지 햇수로 8년, 2015년 1월 ING 생명 테헤란지점장으로 위임되었다. 당시 내 나이가 만 35세였다.

　혼자 하던 영업에서 함께 일하는 조직을 만든다는 것은 의미가 큰 일이었다. 출신 지역도 학력도 경력도 연령도 성별도 다른 사람들이 '경제적 시간적 자유'라는 하나의 목표를 향해 함께했다. 10년간 지점장으로 생활하며 2개의 지점을 분할했고, 그 지점들이 다시 분할을 하여 현재는 총 5개 지점 250명이 넘는 조직이 되었다. 2025년 상반기에 지점장이 추가로 배출될 예정이다. 나보다 더 뛰어난 성과를 내고 있는 후배들을 보면서 큰 보람을 느끼고 있다.

　보험 회사의 사업가형 지점장은 조직 전반에 대한 책임을 진다. 회사로부터 받은 매출 목표를 달성해야 한다. 신인 FC의 채용부터 교육, 관리, 성장에 대한 모든 책임을 진다. 어떤 면에서는 내 사업체를 운영한다고 볼 수 있다. 내가 가지고 있는 조직 운영의 원칙은 하나이다.

"함께하는 직원들의 삶을 귀하게 여길 것"

관리자로 승격할 때 사명서를 작성한다. 사명서의 내용은 다음과 같다.

'나는 생명보험 사업이라는 사회공헌 활동을 통해
열심히 일하는 직원들이
정신적 물질적으로 풍요로워지는 조직,
직원들과 그 가족들이 주변에 자랑할 수 있는
명예롭고 훌륭한 조직을 반드시 만들 것이다.'

저자는 함께하는 FC들이 금융인으로서 따뜻함을 가지고 살아가길 바란다. 이를 먼저 실천하기 위해 매년 겨울 연탄 봉사활동을 하고, 초록우산 어린이재단과 협약을 맺어 나눔을 실천하고 있다. 세 아이의 이름으로 기부도 하고 있어 가족 기부자로 명패를 받기도 했다. 말로만 하는 나눔이 아닌 실천하는 삶을 살고 싶다.
'따뜻하고 풍요롭고 명예로운 영업 조직'을 만들어 가는 것이 내 목표이다.

Chapter 2

가난이라는 굴레

저자는 1979년 서울 관악구 난곡(蘭谷, 꽃이 피는 계곡)에서 태어났다. 한국 전쟁으로 황해도 해주 고향을 잃고 남한에 정착해야 했던 조부모님, 아버지의 5남매 형제들과 함께 살았다. 46년 전 난곡은 그 이름인 '꽃이 피는 계곡'이라는 예쁜 뜻보다는 '어지럽고 어려운 가난한 동네 (難谷, 어려울 난, 계곡 곡)'으로 불리는 복잡하고 가난한 동네였다. 피난민의 첫째 아들이었던 나의 아버지는 장남인 내가 태어난 후 24살의 나이에 지구에서 가장 뜨거운 지역인 중동에 용접공으로 떠나셨다. 대게로 유명한 경상북도 영덕 옆 작은 마을인 강구에서 태어난 소작농의 막내딸이었던 20살의 어머니는 시부모님과 시누이, 시동생들과 함께 나를 키우셨다. 아버지는 지구에서 가장 뜨거운 지역에서 낮에는 잠을 자고 밤에는 모래바람을 먹으며 8년여간 사우디와 리비아에서 근무하셨고, 그 돈으로 우리 대가족의 생계가 유지되었다. 전쟁통에 북한에서 오신 조부모님은 아무런 기반도 없는 남한에서의 생활을 억척스럽게 이겨 내셨다. 할아버지는 삼발이 오토바이(일반 오토바이를 개조하여 뒷좌석에 리어카를 달아 짐을 가지고 다니던)를 타고 여러 동네를 돌아다니시며 자전거, 우산, 칼 같은 작은 물품들의 수선을 하면서 당시 가족을 부양했다. 작은아버지들과 고모가 출가하기 전까지 우리 조부모님과 부모님은 하루하루 연명하며 가난이라는 굴레를 벗어나려 각자의 방식으로 삶을 버텨 내고 이겨 냈다.

우리 가족은 서울 난곡동을 떠나 인천을 거쳐, 경기도 부천 소사동으로 이사를 했다. 난곡과 비슷한 동네였던 부천 소사동에서 초등학교 4학년까지의 시절을 보냈다. 이때부터는 조부모님과 어머니, 그리고 여동생까지 이렇게 다섯 식구가 살았고, 아버지는 내가 8살이 되던 해에 뜨거운 중동에서의 용접공 생활을 마치고 한국에 귀국하셨다. 아버지의 귀국길, 온 가족이 당시 김포공항으로 마중을 갔는데, 얼굴을 포함해서 피부가 검게 그을린 아버지를 보고 무서워하며 내가 엉엉 울었다고 한다.

아버지가 귀국했지만 함께 생활한 것은 아니었다. 아버지는 경기도 평택에 중장비 회사에 취직을 하셨고, 한 달에 두 번 토요일에 오셔서 일요일 아침에 다시 내려가셨다. 16살(고 1)이 될 때까지 아버지와 함께 생활한 적이 많지 않았고, 그래서인지 아버지와는 어린 시절 추억이 거의 없다. 결혼을 하고 손주를 안겨 드렸을 때, 아버지께서는 저자의 어린 시절을 보지 못한 것이 너무나도 아쉽다고, 아이들과의 시간을 많이 보내라고 당부를 하셨다. 손주들이 커 가는 모습을 보면서 저자가 성장했을 모습이 상상이 된다고 하시는 말씀에는 나도 울컥한 마음이 들었다. "우리가 성장하면서 먹고 자란 것은, 우리들 부모님의 청춘은 아닐까"

한국 전쟁으로 가족들과 생이별을 하신 할아버지는 평소에는 말씀이 없으셨지만, 약주를 한잔 드시면 고향(황해도 해주)이야기, 한국 전쟁 이야기, 본인이 죽으면 반드시 북한 고향 땅에 묻어 달라고 이야기하시며 눈물을 흘리곤 하셨다. 너무나도 억척스럽고 모두에게 호랑이 같았던 할머니는, 큰 손주인 나에게만큼은 한없이 인자하셨고 본인이 가진 모든 것을 다 주셨다. 저자의 인생에서 가장 슬펐던 날을 꼽으라면, 할아버지 할머니가 돌아가신 날일 정도로 나에게는 소중한 분들이다. ROTC 장교로 임관하고, 전남 장성에 있는 상무대에 OBC 교육(3개월간의 직무교육)을 가기 전에 조부님께 인사를 드리러 갔다. 할머니 할아버지께 임관식 사진도 보여드리며 저녁 식사를 했다. 할머니 할아버지와 함께 잠을 자고 아침에 인사를 하고 수원역으로 출발을 했다. 할아버지가 배웅을 나오셨는데 택시를 타고 가는 나를 보고 눈물을 훔치시던 모습을 택시 거울을 통해서 봤고, 그 장면은 지금까지도 너무나도 생생하다. 한국 전쟁을 직접 경험하고, 피난민으로의 생활을 했던 할아버지는 손주가 군복을 입고 가는 것이 아마도 너무나도 마음이 아프셨던가 보다. 그게 할아버지를 건강한 모습으로 뵌 마지막이었다. 이후 병환으로 쓰러지셔 병원에 계셨고, 얼마 후 할아버지는 돌아가셨다. 강원도에서 소대장으로 근무하던 저자는 할아버지의 임종도 지키지 못했다. 장례 기간 내내 할아버지께서 좋아하셨던 정복을 입고 할아버지를 마지막을 배웅했다. 할머니는 할아버지 돌아가신 후 급격하게 건강이 악화되었고, 치매 증상이 발생하며, 오랜 기간 요양원에서 생활하시다가 할아버지 곁으로 떠나셨다. 지금도 두 분을 생각하면 가슴이 너무나도 아프다. 사무실 내 책상 한 켠에 있는 두 분의 사진은 아직까지도 두 분을 그리워하는 내 마음의 표현이기도 하다. 살아 계셨다면 증손주들 보면서 얼마나 좋아하셨을까 하는 마음이 들긴 하지만, 세상 누구보다도 저자를 사랑해 주셨던 두 분이 하늘나라에서 지켜보며 흐뭇하게 미소 짓고 계실 거라 믿는다.

조부모님 사진

초등학교 5학년이 되는 해, 경기도 인근의 주공아파트로 분양을 받아 이사를 했다. 태어나서 처음 살아 보는 아파트가 너무나도 좋았다. 신도 시라 동네도 깨끗하고, 따뜻한 물도 나오고, 잠깐이지만 내 방도 생겼던 것이 좋았다. 우리 가족에게 가난이라는 단어가 사라진 거라고 잠깐이 나마 생각이 들기도 했던 거 같다. 초등학교부터 고등학교까지를 한 동 네에서 다녔고, 결혼하고도 그 동네에 살았으니, 내 인생의 절반 이상을 보냈고, 지금도 부모님은 그 아파트 단지에 살고 계시니 인연이 깊은 동 네이다.

저자는 고등학교를 1998년 2월에 졸업을 했다. 1998년, IMF 구제 금융 으로 대한민국이 부도난 해이다. 이때의 상황을 그려 낸 영화의 제목이 〈국가부도의 날〉인 것은 그때 우리나라의 모습을 단편적으로 보여 주는 거라 보면 될 것이다. 서민층인 우리 가족은 98년 이전에 이미 IMF를 겪 고 있었다. 아버지는 96년도에 다니던 회사를 그만두셨고, 집에서 다른 직업을 구직하셨다. 국가 전체의 경제 상황이 최악이었기에, 아버지의 재취업이 쉬웠을 리가 없었다. 우리 집의 경제 상황은 많이 악화되었다.

금융업에 20년 가까이 종사하며 실물경제에 대한 이해가 높아진 지 금, 동시대를 살았던 우리 부모님 세대가 얼마나 힘들었을까 상상을 해 본다. 나라면 버틸 수 있었을까? 여러분이라면 버틸 수 있었을까? 저자 는 동시대를 살아갔던 우리 부모님 세대와, 그 고통을 함께했던 우리 세 대 모두에게 너무나도 잘 버텼고, 잘 이겨 냈고, 진심으로 수고했다는 말 을 전하고 싶다.

나는 사춘기, 주변인, 질풍노도의 시기라고 불리는 시기를 적극적으로 체험했었다. 아쉬움과 후회가 많은 중고교 시절이었다. 경제 상황이 너무나도 어렵기도 했지만, 그것이 내 방황의 이유는 아니었다. 지금 생각하면 왜 그랬을까? 그런 선택만을 해야 했나? 라는 아쉬움과 후회가 많다. 무엇인가 애매하고, 아쉬움이 많은 중학교, 고등학교 시절을 보냈다. 결국 학업과 상관없는 활동을 많이 하게 되었고, 당시 친구들에게 좋지 않은 기억으로 남는 일도 많이 했다. 고등학교 2학년 겨울, 정신을 차리고 보니 병원 응급실이었고, 오토바이를 타던 나는 교통사고로 몸의 절반이 정상이 아닌 상황이었다. 큰 수술을 포함하여, 3개월간의 입원 생활을 마치고 목발을 짚고 복귀한 학교는 나에게는 의미가 없는 곳이었고, 자퇴 서류를 내기도 했었다. 주변의 만류로 자퇴를 하지는 않았지만, 삶의 의미를 찾기가 힘들었다.

자퇴 서류를 내려고 병원에서 외출 허가를 받고 학교에 방문한 날, ○○○ 선생님께서 소설책을 한 권 주셨다. 김정현 작가의 『아버지』라는 책이었다. 내용이 정확하진 않은데 책을 읽으면서 많이 울었고, 어색했던 아버지가 떠오르기도 했던 거 같다. 여러가지 고민 끝에 공부를 해보자 결심했고, 재활치료와 함께 고3이 되어서 공부를 하며 시간을 보냈다. 경제적인 형편은 너무나도 힘들었지만, 성적이 오르는 것이 아마도 재미있었던 거 같다. 중학교 3학년부터 고등학교 2학년때까지 워낙 공부와는 거리를 두었기에 바닥이었던 성적이, 공부를 조금 하니 많이 오른 것처럼 보인 것이었다. 그럼에도 불구하고 이러한 성과는 내가 공부를 계속하는 데 큰 힘이 되었다. 주변의 관심과 칭찬에 성과를 내고자 더 노력하게 되었다. '작은 성공을 해야 큰 성공을 할 수 있다'는 말은 아마도 이런 성취감의 중요성을 이야기한 것이 아닐까?

　1997년은 IMF 구제 금융으로 인해 국가 및 개인의 경제 상황이 최악에 이르렀고, 사관학교를 포함한 국가장학금이 지급되는 학교의 경쟁률이 어마어마했다. 나 또한 해군사관학교에 도전을 했고, 20:1이 넘는 경쟁률에 1차 합격이라는 엄청난 결과에 학교에 화재가 되기도 했었다. 아이러니 했던 것은 2차 시험 중 신체 검사에서 탈락했는데, 그 이유가 오토바이 교통사고로 했던 수술 때문이었다. 교통사고 당시 오른쪽 허벅지 근육이 크게 파열되었었고, 10시간이 넘는 수술을 했었다. 누구의 탓도 할 수 없고 내가 했던 선택으로 발생한 결과였다. 지금 생각하면 해군사관학교에 떨어진 것이 다행이라 생각하지만, 합격했으면 내 인생은 어찌 바뀌었을까 하고 상상해 보기도 한다. 모든 대학 입시에서 실패했고, 그렇게 나의 청소년기는 마무리가 되었다.

Chapter 3

환경은 적응하는 것이 아니라
극복하는 것

근로장학생에서 장교후보생으로

앞서 잠깐 이야기 했지만, 〈국가부도의 날〉이라는 영화가 있다. 1997
년 한국에 닥쳐 온 위기, 일명 IMF(국제통화기금)으로부터 구제 금융을
받은 시기를 다룬 영화이다. 당시 예금금리가 12%에서 연 20%대로 높
아졌고, 대출금리는 25%에 육박하는 서민에게는 최악의 경제 상황이 우
리 가족을 포함한 대한민국을 덮치고 있었다. 모든 대학 입시를 실패한
나는 군입대와 재수생활의 기로에 서있었다. 경제 상황을 고려하면 군
입대가 맞았으나, 당시 병사로 입대를 하려고 해도 6개월 이상 대기를
해야 하는 상황이었다. 군대가 지원자가 많아서 바로 입대가 불가능한
아이러니한 상황이었다. 당시 제일 빠른 군입대는 '의경'이라고 불리는
의무경찰이었다. 친구와 함께 의무경찰 지원서를 쓰고, 다녀온 후 경찰
시험을 준비하려고 했다. 혹시라도 '의경' 입대가 늦어지면 시간을 허비
하지 않을까? 하는 생각에 재수학원을 방문해 보았다. 여기저기 수소문
한 결과, 집에서 가까운 노량진역 근처의 많은 입시학원이 있고, 수강료
가 저렴하다는 이야기를 들었다. 수업과 수강료를 알아보러 몇 군데 학
원을 둘러보았는데 단과반 수강료도 내가 감당할 수준이 아니었다.

마지막으로 한 군데만 더 가 보자 하고 들렀던, ○○ 학원 앞에서 고교
동창을 우연히 만났다. 수강료 때문에 고민하던 나에게 '근로장학생'을
같이 하는 게 어떠냐며 제안을 했고, 잠깐의 고민 후 함께 하기로 결정했
다. 당시는 지금처럼 온라인 강의가 없었고, 50~300명의 학생이 큰 강의
장에서 직접 강의를 듣는 형태였다. 근로장학생은 학원에 소속되어 배

MY LIFE MY STORY

정된 시간의 수업 준비와, 쉬는 시간 칠판 정리, 수업 후 강의장 정리를 돕는 일을 했다. 대신 학원의 모든 수업에 무료로 참여할 수 있는 큰 혜택이 있었다. 쉬는 시간 칠판을 정리하며 날리는 분필 가루가 힘들기도 했지만, 매일 아침부터 밤 늦게까지 1타 강사들의 수업을 마음껏 들을 수 있었다.

수업을 들으며 개념 정리도 되고 실력도 많이 늘었다. 하지만 그 무엇보다도 의미 있었던 것은, 세상에는 나만 힘든 것이 아니라는 것, 나보다 훨씬 힘들고 어려운 사람들도 희망을 가지고 살아가는 것을 알게 된 것이었다. 학원에는 근로장학생이 100명이 넘게 있었고, 그들 중에는 가정형편이 어렵다 못해 부모가 없는 고아 출신도 있었고, 낮에 수업을 하고, 밤에 노량진 수산시장에서 일을 하며 공부를 하는 고학생들도 있었다. 모든 것은 상대적이구나 하는 마음과 함께 나에게 주어진 환경에 감사하는 법, 그리고 모든 것은 마음 먹기 달렸음을 느꼈던 의미 있는 시간이었다. 의경 입대를 결심했던 내가 1년의 재수생활 후 경기대학교 인문학부에 장학생으로 입학하게 되었다. 당시 ROTC 선발 기준에는 대학 입학 점수가 있었고, 평생 군인으로 살기로 각오했던 나에게 입학 당시 장학생 혜택은 경제적으로도, 미래를 준비하는 것에도 큰 혜택이었다.

학부 생활을 생각해 보면 아쉬움이 많다. 신입생 처음에는 재수생이라는 알량한 자존심을 세우기도 했고, ROTC를 하러 왔다고 하며 스스로 어울리는 것을 거부했었다. 역사라는 학문을 전공하는 것이 반갑기만하지는 않았다. 매 학기마다 전국으로 학술답사를 다니고, 소주잔도 기울이며 좋은 사람들을 알게 되고, 역사가 중요한 학문이라는 것을 깨닫게 되기까지는 그리 오래 걸리지 않았다. 역사를 전공한 것은 세상을 균

형 있게 바라보는 시선을 배우게 되었고, 이는 지금 내가 세상을 살아가는 데 너무나도 큰 도움을 주었다.

ROTC 후보생 생활은 너무나도 재미있었고 즐거웠다. 40기 선배들도 좋았고, 동기들은 더할 나위 없었다. 경기대학교(122) ROTC 총동문회도 활성화가 잘 되어 있던 시기라 20년 이상의 선배님들과의 교류도 많았다. 2년차가 되면서 명예위원(정보작전장교)으로 활동을 했다. 후배들을 많이 괴롭혀 징계위원회에 회부되었다. 철없던 시절이라고 하기에는 내가 했던 행동들은 후배들에게 상처를 주었을 일도 많았다. 이런 기회를 빌려 미안하다고 사과하고 싶다. 조용한 2학기를 보내고 보병을 1지망으로 하고, 학군단장님께 최전방부대로 배치를 요청했다. 노무현 대통령님을 모시고 했던 임관식은 잊지 못하는 기억이며, 내가 부모님께 했던 가장 큰 효도 중에 하나이다.

임관 후 전라남도 장성에 있는 육군보병학교(상무대)에서 3개월간의 훈련을 받았다. 장교로 임관한다는 것은 병사들보다 많은 월급을 받는 것이 아니라, 그 월급에 대한 책임을 져야 하는 것임을 알게 되었다. 리더의 삶이 어떤 것인지를 조금은 알게 된 시간이었다. 저자는 당시만 하더라도 평생 군인으로 살겠다는 각오를 했다. 장교로 임관한 후에 받은 훈련은 후보생 시절 받았던 입영 훈련과는 비교할 수가 없었다. 당시 유격훈련을 받던 동기생이 훈련 중 사망하는 사건이 있을 정도로 훈련의 강도는 높았다. 비록 몸은 힘들었지만 앞으로 평생 군인으로 살 저자였기에 최선을 다해서 임했다. 보병학교의 3개월간의 훈련을 마치고 대한민국 최전방 12사단(을지부대) 51연대 2대대(향로봉) '인제 가면 언제 오

나 원통해서 못 살겠네'의 인제군 북면 용대리에서 소대장으로 군생활을
시작하게 되었다.

경기대학교 ROTC 후보생 명예위원단(자치위원)

1305고지에서 1052고지로

군생활 중 6개월은 향로봉 선점(금강산 1만2천 봉우리 중 남한 최북단, 해발 1305고지)에서 12개월은 GOP 철책선에서 AOP(저고도침투 관측부대) 소초장으로 근무했다. 을지부대는 환경이 열악하기로 유명했다. 보급도 원활하지 못했고, 근무 환경도 힘들었다. 그러나 무엇보다도 힘든 것은 "추위"였다. 9월부터 눈발이 날리기 시작하여 4월까지도 폭설이 내리기도 했다. 폭설로 고립이 되는 것은 일상이었고, 라면과 김치, 전투식량으로 보내는 시간도 제법 많았다. 향로봉에서 근무하면서 GOP 투입 전 교육을 받던 중간에 사망사고로 긴급하게 철책으로 투입되었다. 사망사고가 난 소초에 임관한 신인소대장을 보낼 수 없다고 부대에서 결정이 되었고, 베테랑 소대장이었던 내가 AOP장으로 긴급하게 훈련을 받고, 본 대대보다 한 달 먼저 투입되었다.

사망사고가 난 부대는 많은 곳으로부터 '진단'을 받게 된다. 안타까운 죽음의 원인이 무엇이었는지, 그 죽음의 원인 중 부대가 개선해야 할 것은 무엇인지에 대한 '진단'과 함께 '개선'을 진행하게 된다. 문제는 내가 투입되기 전 일어난 사고이나, 그 환경에 대한 개선은 내가 해야 한다는 것이었다. 투입 후 한 달 정도의 시간 동안 사단의 모든 분야의 참모(중령 이상)와 부사관(상사 이상)들이 매일 소초에 방문했다. 경계작전과 함께 이 모든 일들을 함께 해야 했던, 저자의 삶은 하루가 어떻게 지나가는지 모를 정도로 정신 없고 힘든 시간을 보내게 되었다.

해발 1052고지에서 독립소초장으로 살아간다는 것은 생각보다 많은 분야에 대해서 알고 있어야 했고, 배워야 했다. 철책선의 경계근무와 함께 공중침투에 대한 공군부대와의 정보 공유, 40명의 소대원의 의식주를 책임져야 하기에 취사, 보일러, 심정 관리 등 생존과 관련된 모든 것을 알아야 했고, 잘 해야 했다. 장교로서 야간 근무를 1년간 서야 하는 육체적 한계를 뛰어넘어야 하는 임무가 있었고, 여름철 잦은 낙뢰로 인해 소초 취사장에 불이나 화재를 진압해야 하는 일도 있었다. 무엇보다도 힘든 것은, 겨울철 영하 53도에 이르는 혹한이 추위와, 군필자들이 이야기하는 하늘에서 내리는 쓰레기라 불리는 '눈'과 매일 싸워야 했다.

2004년 4월 26일 78cm 폭설, 제설 작전 후 소대원들과 함께

환경에 대한 적응보다는 극복을 해야 했던 군생활이 힘들기도 했지만, 인정도 많은 시간이었다. 전군 AOP 훈련평가에서 최우수 소초로 선정되어 군사령관 표창을 받기도 했다. 자주 연락하고 지내지만, 전국에서 각자의 역할에 최선을 다하면서 살고 있을 소대원들 그립고 그립다. 당시 소대원 중 현재 신한라이프에서 FC로 시작하여 부지점장 지점장 사업단장을 거쳐 현재 사업본부장까지 성장한 친구가 있기도 하니, 내 군생활은 의미가 크다고 자부한다. 또한 사망사고 이후 긴급하게 투입된 경계작전을 무사히 마치고, 모든 병사가 건강하게 사회로 돌아간 것이 나에게 있어서, 내 인생에서도 최고의 상이라 자부할 수 있다.

저자는 임관 전부터 장기복무를 희망했고, 당시 부대에서도 장기복무를 권장했다. 그러나 나는 군생활을 더 이상 하지 않기로 결심했다. 내 꿈은 군인이었다. 장교로 임관하는 것이 꿈이었던 것이다. 문제는 내가 어떤 모습의 장교를 꿈꿨는지, 장교로 임관한 후 성공적인 군생활을 위해서는 무엇을 해야 하는지에 대한 준비가 안 되어 있던 것이다. 혼란스러웠다. 저자는 장기복무를 포기하고 최전방 해발 1052고지 GOP 철책선을 앞에 두고 전역을 했다. 함께 생활했던 소대원들에게 전역신고를 하고, 민통선을 나와 집으로 가는 내내 가슴 한 켠이 먹먹했다. 내가 한 선택이 맞는 걸까? 군인의 꿈을 가지고 시작했던 재수 생활, 대학 시절, 후보생 시절, 그리고 군생활이 필름처럼 스쳐 지나갔다. 그럼에도 불구하고 나는 다시 사회생활에 도전을 시작했다.

Chapter 4

도전의 가장 큰 적은
경험하지 않은 자들의 조언

군대는 전쟁을 준비하는 곳이지만, 사회는 전쟁을 하는 곳

"군대는 전쟁을 준비하는 곳이지만, 사회는 전쟁을 하는 곳이다."라는 말이 있다. 사회생활은 녹록하지 않았다. 전역과 동시에 취업을 해야 했던 나에게는 유리한 조건보다는 불리한 조건이 많았다. 인터넷은커녕 유선전화도 제한되었던 최전방 철책에서의 취업 준비, 각 회사의 취업 공고를 알기도 힘들었고, 온라인으로 접수해야 하는 서류전형도 나에게는 곤혹스러운 일이었다. 야간 근무를 서고 복귀한 후 새벽에 동생에게 전화를 걸어 취업공고를 확인하고, 유선으로 자기소개를 불러 주며 서류전형에 도전했다.

서류전형에 통과를 해도 문제였다. 면접을 보기 위해서는 휴가를 사용해야 하는데, 철책선 경계작전 부대의 특성상 소초장의 휴가는 대리근무를 서야 하는 다른 간부의 도움 없이는 불가능했다. 나는 새벽까지 근무를 서고, 민통선(민간인통제구역)을 나와 원통에서 버스를 타고 동서울로, 동서울에서 면접 장소로 이동, 면접을 보고 복귀를 했다. 다는 아니지만 많은 동기들이 서울에 오면 집에도 가고 좀 편하게 보내고 오는 것이 부럽기도 했다. 나는 밤새 근무를 서고, 면접을 보고, 다시 부대로 복귀 바로 야간 경계작전에 투입되는 일을 반복했다.

운이 좋게도 여러 회사에 최종 합격을 했다. 당시만 해도 전역장교에 대한 우대가 있었다. 최근 후배들의 ROTC 지원율 저조의 이유가 취업에도 도움이 안 된다고 하는 것을 보면 아쉬움이 크다. 혹시라도 인사를 담당하는 분이 이 글을 읽는다면, 국가와 병사를 위해 헌신하는 법을 배우고, 리더로서 병력을 통솔한 경험, 그리고 중간관리자로서 조율을 할 줄 아는 ROTC, 또는 군간부들의 경험은 회사에 반드시 도움이 된다는 점을 알려드리고 싶다. 이는 돈으로 환산할 수 없는 가치이기에 꼭 기회를 더 주시기 바란다.

나는 남양유업㈜ 영업관리 파트에 취업했다. '영업관리' 파트는 남양유업의 최일선 부서로서 전국의 분유, 우유, 유제품 대리점 및 유통업체를 관리하는 부서였다. 입사와 동시에 남양유업 남부지점으로 발령을 받아 OJT 기간을 보내며 업무 준비를 했다. 그러나 OJT 기간 중 부서가 변경되어 본사 영업관리부 감사팀으로 배치가 되었다. 당시 영업관리부 감사팀은 본사 회장님 직속부서로 전국 17개 지점의 영업 감사 및 상품별 매출 추이 분석 등의 업무를 했다.

회사에서 매출을 일으키는 최일선 영업직으로 시작하려고 했던 나의 사회생활은 의도치 않게 본사에서 시작하게 되었다. 당시만 해도 남양유업은 신입사원의 대부분을 장교 전역자로 충원하는 회사였다. 그러다 보니 내가 근무하던 감사팀도 팀장님을 제외한 팀원 모두가 ROTC 출신으로 이루어진 팀이었다. 사회생활이 군생활의 연장선(?)과도 같은 느낌이었다. 적응은 쉬웠으나, 아쉬움도 있었다. 남양유업 감사팀에서 나는 좋은 동료들을 만났고, 많은 것을 배웠다. 본사에서 전국의 매출을 분석하고 특이점을 찾고, 전국 17개 지점을 한 달에 한 곳씩 직접 방문하여 영업 감사를 수행했다. 그중 내가 가장 도움이 된 것은 '숫자를 바라보는 힘'이다. 숫자는 절대 거짓말을 하지 않는다. 감사팀에서 근무하는 동안 남양유업은 매출 1조를 달성했다. 1조 매출을 기간별, 지역별, 상품별로 분석해 본 경험, 그 매출 속에 있는 수많은 이야기를 읽어 내는 힘, 숫자의 흐름들은 그냥 만들어지는 것이 아니었다. 금융회사에서 일하는 지금도 내가 숫자를 보는 힘을 가지는 데는 남양유업 감사팀에서의 경험이 큰 도움이 되었다.

최근 뉴스에 등장하는 남양유업의 상황을 보면 안타까움이 크다. 사표를 내고 그만둔 지 20년이 다 되어 가지만, 나는 남양유업의 제품을 보면 반갑고, 그때 당시 같은 고민을 하며 살아갔던 동료 선후배들이 잘 되기를 바란다.

남양유업은 좋은 경험을 준 회사였음은 분명하다. 그러나 내가 가진 갈증을 해소하기에는 아쉬움이 있었다.

해야 할 것과 하지 말아야 할 것 중 무엇이 더 중요할까?

무엇이 더 중요할까? 남양유업에서의 생활에서 나는 해야 할 것, 반드시 할 것에 대한 배움보다는 반드시 하지 말아야 할 것에 대하여 배우는 시간이었다.

나에게 있어서 직장은 내가 사랑하는 가족을 위해 급여를 벌 수 있는 곳이었다. 직장 생활을 위해서 가정이 희생되어서는 안 된다. 유난히도 회사를 위해 모든 것을 희생해야 하는 조직문화는 군생활과 다름이 없었고, 내 가치관과 상충되는 일이 많았다. 휴가도 조퇴도 분위기에 따라 결정되는 일이 많았고, 상관의 지시가 모든 것을 바꾸는 일도 허다했다.

군대는 전쟁을 준비하는 곳이고, 사회는 전쟁을 하는 곳이다. 이 말은 사회는 군보다도 더 불합리하고 불편한 일들을 감수해야 한다는 말로 해석이 되기도 했다. 내가 생각했던 이상적인 가정을 이루기 위해서 필요했던 내 가정에 대한 존중은 찾기 어려웠고, 나는 경제적인 안정을 얻을 수 있고, 내 가정에 충실할 수 있는, 직장이 아닌 직업을 선택하기로 했다.

2007년 6월 ING생명보험에 FC로 **'도전'**했고, 성공하기 위해 **'노력'**하고, 함께하는 직원들과 고객들에게 진심으로 **'감사'**하며 살고 있다.

하지 말아야 할 것을 안 하고, 해야 할 것을 잘 한다면 반드시 좋은 결과가 나올 것이다.

💡 나의 도전은 계속된다

2021년 ING 생명은 신한금융그룹으로 인수되었다. 이와 함께 회사의 이름도 '신한라이프'로 변경되었다. 모든 문화가 다른 두 회사가 하나의 회사로 합병되는 과정은 흥미롭게 진행되었다. 선의의 경쟁과 함께 두 영업조직은 물리적 화학적 결합을 앞두고 있었다. 2022년 10월 말, 회사의 혁신 프로그램에 참여해 보라는 제안을 받았다. 'BI(Business Innovation)프로젝트'라고 불리는 이 프로그램은 ING 생명 출신의 FC 출신 사업가형 지점장 모델을 신한생명 영업 조직에 적용하는 일이었다.

깊은 고민 끝에 나는 '도전'을 선택했다. 고민은 깊게 하는 것이지 길게 하는 것은 아니라고 배웠다. 이 무모한 도전은 여러 가지 의미를 두고 있었다. 남양유업을 그만두고 보험 회사에 도전했을 때와 비슷하면서도 달랐다. 내가 가지고 있던 기득권을 포기하는 것은 같았다. 저자는 당시 3개 지점, 부지점장 10명, 산하 FC 100명이 넘는 대형 조직을 이끌고 있었다. 조직은 안정적으로 성장하고 있었고, 사업단장을 넘어 사업본부장 승격을 앞두고 있었다. 보험 회사 입사 후 가장 높은 소득을 올리고 있었다. 영업관리자로서 최고의 정점을 찍고 있던 시절, 그동안 일궈 낸 모든 것을 두고, 기존 신한생명 영업지점으로 이동, 지점장으로 임무를 수행하기로 했다.

16년간 산전수전을 겪으며 만든 안정적인 조직을 두고, 전혀 다른 문화를 가진 조직으로의 이동, 그것도 조직과 함께 이동도 아니고 혼자서의 이동은 당시 나를 알던 모든 동료들이 놀랄 정도로 화재가 되기도 했다.

2007년 6월부터 2022년 12월 31일까지, 16년간 출근했던 강남구 테헤란로를 뒤로하고, 2023년 1월 1일부터 숭례문이 보이는 서울역으로 출근을 하기 시작했다. 예상했던 대로 수월하지 않았다. 내가 근무했던 곳과는 360도 다른 문화를 가진 조직이었다. 각 회사가 30여 년의 기간 동안 만들었던 문화는 쉽게 변화되지 않았다. 예상은 했지만 생각보다 많은 난관에 부딪혔다. 문화는 달랐지만 진심은 통했다. 매일 아침 제일 먼저 출근하고 제일 늦게 퇴근했다. 함께하는 FC들의 삶이 나아지길 바랐다. 그걸 위해서 나는 내 모든 인적 물적 자원을 동원, 함께하는 FC들의 소득 향상에 최선을 다했다. 그렇게 시간을 보내며 6개월 정도의 시간이 지나며 변화가 시작되었다.

결론적으로는 부임 당시 월 매출액 1,800만 원, 88명의 FC생산성이 20만 원 내외이던 조직이, 1년이 지난 2024년 1월에는 월 매출액 1억3천만 원을 달성하는 조직으로 10배에 가까운 성장을 했다. 전속설계사 조직의 리더들은 월납보험료 1억을 한다는 것이 얼마나 대단한 일인지 알 것이다. 현재 저자가 근무하는 '한성사업단'은 2024년 'MDRT 최다등록지점(억대 연봉 이상 FC들이 함께하는 명예의 전당)'을 시작으로, '신인육성 우수지점(6개월 미만 신인 FC들의 성과가 우수한 지점에 주는 상)', '프로젝트 505지점(회사에서 전략적으로 성장시키려는 지점) 5개에 선발', '사업단 승격' 등 모든 기록을 만들며, 혁신프로그램 최고의 성과를 낸 조직으로 인정받았다. 지금도 앞으로도 계속되는 도전을 할 것이고, 성공이라는 결과를 만들어 낼 것이다.

사무실 입구의 상패들, 크고 단단한 영업조직으로 성장하고 있다.

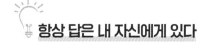

가난한 아이가

가난한 대학생이 되고

가난한 회사원이 되고

가난한 부모가 되고

다시

가난한 아이를 낳습니다.

사람은 가난하고 절박한 순간에 되려 멍청한 짓을 한다고 한다. 그리고 그 선택이 쌓여서 멍청한 인생을 살게 되는 거라고 했다. 가난이라는 굴레를 벗기 위해, 가난한 부모가 되기 싫어 보험 영업에 도전을 했다. 그 선택에 후회하고 싶지 않았다. 사람들에게 증명하고 싶었다. 돈을 많이 벌고 싶어 시작했던 보험 영업을 통해 인생을 배우고 성장해 가는 중이다. 돈을 벌러 와서 돈의 의미를 이해하는 중이다.

영업에서 성공하는 방법은 정해져 있다. 해가 동쪽에서 떠서 서쪽으로 지는 것이 정해져 있듯이, 끊임없는 성장을 위해 노력해야 하고, 더 큰 성장을 위해 계속 도전을 해야 한다. 누구를 위해서가 아니라 누구에게 잘 보이기 위해서가 아니다. 항상 답은 내 자신에게 있다. 리더로서 성공하는 방법 또한 정해져 있다. 나보다 나를 따르는 팔로워들의 삶을 소중히 여기는 것이다. 함께하는 팔로워들의 삶이 나아지게 노력한다면, 시간이 걸릴지는 몰라도 건강한 모습으로 함께 성장해 나갈 것이다.

외면의 변화는 눈에 보이지만 내면의 변화는 보기가 어렵다. 내면을 변화시키기 위해서는 끊임없이 배우고 성장해야 한다. 이는 성공의 기본이다. 그리고 도전해야 한다. 경험하지 않은 자들의 조언은 들을 필요가 없다. 기득권을 내려놓고 내가 원하는 삶을 위해 도전하라. 진정으로 원하는 것이 있다면 그 어떤 것도 방해가 될 수 없다. 노력은 설명하는 것이 아니라 증명하는 것이다. 증명하지 않은 노력은 결국 변명으로 들린다.

'1000명 앞에서 강의하기'라는 버킷리스트를 이룬 순간 (2022년 MDRT DAY)

MY LIFE MY STORY

저자가 후배들에게 자주 하는 이야기가 있다. '3感(감)을 가지고 3不 (불)을 버려라'이다. 가져야 하는 3感(감)은 감동, 감탄, 감사이다. 버려 야 하는 3不(불)은 불평, 불만, 불안이다. 나는 매일 3감을 지키며 사는 가? 그렇지 않다. 3불의 마음이 생길 때마다, 의식적으로 3감을 생각하 고 행동하려고 노력한다. 그러다 보면 다시 3감의 마음이 생기게 된다.

2005년 직장 생활을 시작해서 2024년까지 만 20년을 사회생활을 했 다. 사회생활 20년을 기념하기 위해 글쓰기가 이제 마무리되어 간다. 보 험 영업 20년이 되는 2026년에는 영업을 하는 후배들을 위한 책을 쓸 예 정이다.

저자는 여행을 좋아한다. 나에게 익 숙한 곳이 아닌 곳에 떠나는 여행은 도전과 같은 의미로 볼 수 있다. 기득 권을 놓고 새로운 것에 대한 도전, 그 래서 여행은 설렘이 가득하다. 지금 이 글을 쓰고 있는 곳 또한 인도네시 아 발리에 있는 최고급 리조트의 루프 탑 라운지다. 인도양을 바라보며 라이 브 음악을 들으며 저서를 마무리하는 중이다.

인도네시아 발리 캠핀스키 리조트에서 (신한라이프 인센티브 트립 중)

도전하고 노력하고 감사하며 살 때 진정한 행복이 온다.

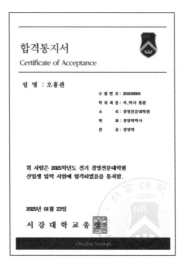

합격통지서
Certificate of Acceptance

성 명 : 오홍관

수 험 번 호 : 25010006
학 위 과 정 : 석,박사 통합
소   속 : 경영전문대학원
학   과 : 경영학박사
전   공 : 경영학

위 사람은 2025학년도 전기 경영전문대학원
신입생 입학 시험에 합격하였음을 통지함.

2025년 01월 23일
서 강 대 학 교 총 장

Obedire Veritati

끊임없이 도전하며 성장하기, 버킷리스트 : **'박사학위 취득하기'**

2025년 46세의 나이에 저자는 새로운 도전을 시작한다. 20여 년간 현장에서 배운 지식과 노하우를 체계화하고 정교화 하고 싶다는 마음, 이를 다시 동료 후배들에게 전파하는 선순환의 과정을 가지고 싶어 경영대학원에 진학을 결정했다.

끊임없이 도전하고, 노력하는 삶을 살아갈 때 인생의 '행복'이 가까워지는 것 아닐까?

누군가 나에게 "행복하십니까"라고 묻는다면 1초의 망설임도 없이 대답할 수 있다.

"네 저는 너무나도 행복합니다"

이 글을 읽는 모든 분들이 행복하길 바라며…

MY LIFE
MY STORY

작은 골목에서
인생의 길로,
리더가 된 나의 여정

Chapter 1 경험이 곧 배움이다, 작은 골목에서 피어난 꿈

Chapter 2 도전의 시간, 리더의 씨앗을 심다

Chapter 3 프랜차이즈를 책임지는 리더, 멈추지 않는 도전

Chapter 4 나를 만든 것은 내가 걸어온 길, 이것이 곧 나의 브랜드다

• 저자 프로필

이재호

(現) SPC그룹 ㈜파리크라상 PB가맹사업팀 팀장
(現) 자기소개서, 면접 컨설턴트
(前) 제1군수지원사령부 소대장, 운영장교 (ROTC #42)
(前) 이랜드그룹 유통사업부 (전략기획, 백화점사업부)
(前) 이랜드그룹 패션사업부 (마케팅, 대리점 관리)
한양대학교 경영학 석사
(프랜차이즈 슈퍼바이저의 역량이 가맹점 경영성과에
미치는 영향, 한양대 / 2018년)

전자우편 : ulcni1@naver.com

자서전이라고 해서 필자는 거창하고 특별한 사람도 아니다. 필자 역시 남들처럼 평범한 직장 생활을 이어 온 40대이다. 다만, 지난 42년간 필자는 인생을 하나의 긴 여행으로 삼아 여기까지 치열하게 걸어왔다고 생각한다. 이제 이 여행에서 보고, 듣고, 느낀 것을 일기처럼 기록하여 작은 기행기 형태로 풀어 보고자 한다.

그 여정 속에서 내가 배운 것들이 이 시대를 살아가는 필자보다는 젊은 세대에게 작은 용기와 힘이 되기를 바라 본다. 살면서 얻은 삶의 노하우, 그리고 현재의 일(業)에 대한 전문가로서의 시각도 담고자 한다.

빌 게이츠가 "가난하게 태어난 것은 잘못이 아니지만, 가난하게 죽는 것은 당신 책임이다.('If you born poor, it's not your mistake. But if you die poor, it's your mistake.')" 라고 말했듯이, 필자 또한 지독히 가난한 집에 태어났지만 이 여행의 끝을 가난으로 마무리하고 싶지는 않았다. 오히려 그 가난이 필자에게 강한 동기가 되었고, 앞으로도 필자의 삶을 더 크게 완성시키기 위한 원동력이 되어 줄 것이라 확신한다.

이제, 필자와 함께 이 여행에 탑승해 보시기를 바란다.

Chapter 1

경험이 곧 배움이다,
작은 골목에서 피어난 꿈

〈응답하라 1988〉(응팔)이라는 레트로 드라마가 있다. 1988년 쌍문동 골목을 배경으로 다섯 가족과 이웃들의 에피소드를 담은 드라마다. 나는 이 드라마를 종종 보곤 한다. 왜일까? 그 시절, 필자의 기억과 깊이 맞닿아 있기 때문이다. 사실, 나의 어린 시절을 담아낸 드라마는 〈응답하라 1997〉(응칠)이나 〈응답하라 1994〉(응사)일 수도 있지만, 유독 '응팔'에 공감이 가고 그 시절 나의 추억이 새록새록 떠오른다. 마치 타임머신을 타고 내 어린 시절로 돌아가는 듯한 기분이 든다. 드라마 속 동네와 그곳에 얽힌 추억, 작은 골목길에서 서로 의지하며 살아가는 정감 넘치는 이웃들의 모습은 내가 자랐던 인천 부평의 '늘봄마을'과 닮아 있다.

저자 어린 시절 집 앞 골목길 아버지와 동생

어린 시절, 내가 살던 곳은 소박한 곳이었다. 그 골목에서는 두부 장수의 종소리, 생선 장사의 테이프 녹음 소리가 정겹게 들렸고, 엄마를 졸졸 따라 나가서 두부와 생선, 야채 등을 사 오곤 했다. 그 시절 엄마가 해 주던 음식, 그 음식을 하면서 골목까지 풍겼던 냄새, 마치 우리가 지금 가진 것 이상의 것을 선물 받은 느낌을 주었다. 가난했지만, 두부 한 모, 생선 한 마리는 그날의 한 끼를 약속하는 상징이었고, 우리 다섯 가족이 함께 모여 그 음식을 나누며 웃음을 나누던 시간이 내게는 가장 큰 행복이었다. 특히 닭과 마늘만 넣고 끓였던 닭백숙이 인상 깊다. 닭 한 마리로 다섯 식구가 먹고 남은 국물로 다시 닭죽을 또 끓인다. 그 맛이 그리울 때 가끔 끓여 보곤 하는데 그때 그 맛은 나질 않는다. 아직 그 순간들이 선명하게 떠오른다.

가족을 위해 헌신하신 어머니와 아버지

그러나 그 시절, 나의 엄마 '김영순' 여사는 단순히 가난 속에서만 힘든 시간을 보낸 것이 아니었다. 엄마는 집안일을 돌보면서 시부모님과 장애가 있는 막내 고모를 모셔야 했고, 두 형제를 키우며 가족들을 돌보는 무거운 짐을 짊어지셨다. 내가 네 살 때 할머니가 돌아가셨고, 고모는 다행히 필자 일곱 살 무렵 시집을 갔지만, 엄마의 일상은 반복되는 육아와 살림, 그리고 시부모님을 보시는 일로 한순간도 편할 날이 없으셨을 것이다. 그럼에도 엄마는 언제나 묵묵히 그 책임을 감당하셨다.

그 시절 우리 엄마, 그리고 다섯 식구 생계를 책임졌던 우리 아빠 '이종모' 님을 떠올리면 부모님의 강인함과 헌신에 가슴이 뭉클해진다. 지금 돌이켜보면, 그 시절 우리 형제들에게 보여 준 엄마와 아빠의 웃음에는 우리 가족을 지키려는 의지가 담겨 있었던 것 같다. 가끔 엄마는 "그때는 참 힘들었지만, 되돌아보면 그때가 좋았고 행복했다"라고 말씀하신다. 가난과 어려움 속에서도 가족과 함께한 시간들이 있었기에, 그 시절이 더욱 따뜻하게 기억되는 것이 아닐까 싶다.

  동네를 떠올리면 리어카를 끌고 다니던 생강엿 아저씨가 생각난다. 아저씨가 가위를 부딪치며 엿을 자르면, 동네 꼬마들은 여기저기서 폐병을 들고 달려 나갔다. 폐병을 주면 아저씨는 대패로 생강엿을 갈아 주었고, 달콤하면서도 살짝 매운 맛의 엿 한 조각이 우리에게는 세상의 기쁨이었다. 어느 날 나는 유난히 큰 '썬키스트' 주스 병을 들고 나갔다가 엄마께 혼이 났다. 유난히 큰 엿이 대변하듯 그 시절 그 빈 병 값이 콩나물 한 봉지의 값에 맞먹는 귀한 물건이었다. 그때는 이해하지 못했지만, 지금은 미소 지으며 떠올리는 소중한 추억이다.

작은 골목길 누비던 필자와 동생

골목길은 동네 친구들에게 무한한 놀이터였다. 우리는 해가 질 때까지 공을 차고, 때로는 전봇대를 놀이터 삼아 시간을 보냈다. 해가 질 무렵 엄마들이 "재호야~ 지호야~ 밥 먹어!"라고 외치면, 조금 더 놀기 위해 미적거리던 그때의 순간들. 그 시절 작은 골목은 단순한 공간이 아닌, 상상력을 펼치고 우정을 쌓는 곳이었다. 그 속에서 나는 작은 다툼과 화해를 통해 우정의 깊이를 알았고, 지금 보면 작은 골목에서 팀워크와 사회성을 배웠던 것이다. 그 시간들은 나에게 소중한 성장의 일부였다.

때로는 퇴근하시는 아빠 한 손에 전기 통닭이 있다. 특별한 날에만 맛볼 수 있었던 전기 통닭은 아빠의 웃음과 함께 온 우리 가족의 작은 축제였다. 어느 집이든 그 시절 전기 통닭의 추억은 있을 것이다. 아빠께서 퇴근하시며 "넙치(아빠가 필자에게 지어 준 별명)야 주전부리 사러 가자"라는 이 한마디는 내게 큰 설렘을 준다. 주전부리를 그렇게 좋아하신 우리 아빠 '이종모' 님의 목소리가 너무나도 그립다.

이웃들과도 '응팔' 드라마 속에 이웃 관계같이 마치 가족 같았다. 몇 집이 모여 점심에 수제비를 끓이고, 아이들은 엄마들의 부름에 한데 모여 그 음식을 나누어 먹었다. 가난했지만, 이웃들은 서로의 것을 나누며 웃음을 잃지 않았다. 그 사랑과 온정이 남긴 수제비 맛은 내 기억 속 가장 따뜻한 음식으로 남아 있다.

불량식품을 사 먹거나 오락실에서 동전을 모아 게임 하던 시간들 또한 어린 시절의 즐거움이었다. 친구들과 함께 50원, 100원짜리 과자를 사고, 몇 개의 동전으로 오락실에서 한껏 웃고 떠들었던 그때는 마치 세상을 다 가진 듯한 기분이었다.

이 모든 기억은 물질적으로 부족했지만, 나를 가장 행복하게 만들어 주었던 순간들이다. 부모님께서는 힘든 시간 속에서도 가족과 함께한 소중함을 발견하셨고, 나 또한 그 시절을 돌이켜보면 가난 속에서도 많은 것을 배우고 삶의 소중함을 깨달았다. 동네와 골목길, 그곳에서 함께했던 사람들과 쌓은 추억들은 나의 삶의 근간이 되었고, 오늘의 나를 만든 뿌리가 되었다.

요즘 아이들도 '**동네**'라는 단어를 쓸까? 가수 김현철의 노래 '동네' 가사가 떠오른다. '괜스레 짜증이 날 땐 생각해, 나의 모든 잘못을 감싸 준, 나를 믿어 왔고 내가 믿어 가야만 하는 사람들'이라는 가사는 어쩌면 그 시절의 정겨운 우리 동네를 떠오르게 한다. 두 글자에 왠지 모를 힐링이 된다. 그때 **우린 '함께'였기에 충분히 행복했다.**

부모님의 헌신과 할아버지의 따뜻한 사랑

어린 시절, 내 세상은 작은 동네와 골목길 안에 있었다. 가난은 부정할 수 없는 사실이지만, 부모님의 헌신과 할아버지의 사랑 덕분에 나는 늘 따뜻함을 느끼며 자랐다. 국민학교 2학년 무렵 우리 가족은 시내의 조그마한 5층짜리 아파트로 이사를 갔다. 넉넉하지 않은 형편이지만 아빠는 **"남자는 많은 것을 할 줄 알아야 한다"**라고 하시며 보이스카우트 활동을 시킨다. 공부도 곧잘 해서 학력상도 받고, 수학경시대회에서 수상도 한다. 친구들도 많았고, 나서길 좋아하는 성격에 반장도 하고 학급 임원도 했다.

문득 생각해 보니 나는 집 근처 국민학교를 두고 멀리 시에서 지정한 시범학교로 다녔다. 엄마의 두 형제에 대한 기대가 있기에 비용이 들더라도 자식에게는 모든 것을 주신 것 같다. 그래서 그런지 그 무렵 부모님은 우리 가족을 위해 맞벌이를 하시기 시작했다. 아버지는 트럭 운전을 어머니는 식당 일, 옷 장사 등을 하시며 집안을 지탱하셨다. 고된 일을 하시면서도 부모님은 우리 형제에게 더 많은 기회를 주고자 묵묵히 일하셨다.

그 무렵 나는 동생과 할아버지의 보살핌을 받았다. 할아버지 '이용규' 님은 부모님 못지않게 중요한 존재였다. 자상하셨던 할아버지께서는 장손인 나를 많이 아껴 주셨다. 어느 비 오는 날, 할아버지의 빵모자(할아버지의 패션 - 어디를 가시든 자켓, 여름철 신사 모자, 겨울철 털모자)가 보였던 순간이 아직도 기억에 남는다. 나보다 친구들이 먼저 캐치하고 "재호야, 할아버지 오셨다"라고 알려 주면, 나는 가슴이 따뜻해졌다. 엄

마가 온 친구들이 부럽기도 했지만, 할아버지께서 대신 와 주시는 것만
으로도 충분히 행복했다.

두 형제를 끔찍하게 아끼신 필자의 할아버지

할아버지는 부모님을 대신하여 우리 형제를 위해 어린이날마다 인천
의 수봉공원으로 데려가 놀이기구도 태워 주시고, 통닭을 사 주시며 할
아버지는 통닭을 안주 삼아 소주 한잔을 하곤 하셨다. 할아버지 방에서
는 항상 담배 냄새가 난다. 할아버지는 담배가 좋지 않다며 방에 들어가
면 이불 속으로 숨으라고 하고 난 등만 내밀고 할아버지께 등을 긁어 달
라고 조른다. 할아버지께서는 '등 긁어 주면 말을 안 듣는데…' 하시면서
도 이내 웃으며 등을 긁어 주셨다. 그 순간들은 나에게 특별하고 소중한
시간이었다.

할아버지의 장롱은 나에게 보물 상자 같았다. 그 안에는 일제 시대 징
용에 관한 떨리는 손 글씨, 즐겨 드시던 박카스, 그리고 언제나 나를 위
해 남겨 두었던 동전 몇 개가 있었다. 할아버지의 자켓 주머니 속 동전들
은 나에게 커다란 선물이었고, 그 동전 몇 개로 구멍가게에서 간식을 사

고 뽑기를 하고 오락실에 가는 즐거움을 누렸다.

부족한 경제 상황 속에서도, 부모님의 헌신과 할아버지의 사랑 덕분에 나는 부족함을 느끼지 않았다. 부모님은 더 나은 앞날을 꿈꾸며 묵묵히 일을 하셨고, 할아버지는 따뜻한 사랑으로 그 빈자리를 채워 주셨다. 이 글을 읽는 분들도 인생의 작은 순간에서 사랑과 감사함을 발견할 수 있기를 바라 본다.

🔆 바람에 흔들린 나무, 뿌리를 깊이 내리다

중학교 시절은 나에게 있어 인생의 첫 번째 큰 도전이자 큰 좌절의 시기였다. 초등학교 때 두각을 나타냈던 나는 중학교 진학 후 전교 상위 10% 이내의 성적이 2학년 때는 전교 하위 10%, 전교 780명 중 700등까지 떨어졌고, 공부에 대한 흥미를 잃어 갔다. 당시, 나는 친구들과 어울리는 데 더 많은 시간을 쏟았고, 흔히 말하는 사춘기를 겪으며 부모님 말씀조차 잘 귀에 들어오지 않았다. 다행히 교회를 다니고 있던 터라 일탈까지는 아니지만 무료하고 부정적이었다. 다행히 그 시절 나와 함께해 준 네 명의 단짝 친구(현도, 세영, 윤재)들은 지금까지도 소중한 인생 동반자다. 우리는 매년 부모님들의 허락을 받아 서해의 작은 섬 '자월도'로 캠핑을 가기도 했고, 밤기차를 타고 정동진으로 여행을 떠나 꿈을 이야기하기도 했다. 중학교 시절 우리들끼리 여행은 큰 모험이다. 기차를 타고 가는 동안 우리는 웃고 떠들고, 도착해서 바다를 바라보며 각자의 꿈에 대해 이야기해 본다. 날씨가 흐려 해돋이는 보지 못했지만 바다를 보고 있는 순간의 우리들은 그 무엇도 두렵지 않은 자신감이 넘쳤다. 그 시절 정동진은 집이 몇 채뿐인 작은 시골이었고, 배고픈 우리들에게 라면을 끓여 주신 구판장(작은 시골 슈퍼) 아주머니의 정이 지금도 생생하다.

그러나 현실은 냉혹했다. 나는 성적이 점점 나빠졌고 부모님의 걱정도 깊어졌다. 그리고 그 순간이 찾아왔다. 중학교 2학년 끝 무렵, 성적표를 받아 든 엄마의 눈에 맺힌 눈물이 나에게는 큰 충격이었다. 그날 엄마의 눈물은 나에게 많은 것을 말해 주었다.

구월중 사총사 여행 시절
〈좌〉 자월도 선착장(1995년) / 〈우〉 정동진역(1996년)

이제야 돌이켜보면, 그 당시 나에게는 꿈과 성공보다 중요한 것이 엄마의 기대에 부응하고 싶다는 마음이 컸던 것 같다. 나는 스스로를 다시 세우기 위해 노력했고, 엄마도 엄마 나름대로 맞벌이 때문에 신경을 못 썼다는 것에 자책하시며, 3학년 때 어머니회에 가입하시고 나에게 더욱 관심을 보이신다. 나의 중학교 시절 졸업식 외에 처음으로 엄마를 학교에서 본 순간이다. 복합적인 것이 작용된 것인지, 중학교 3학년 매 시험마다 전교 등수 150등 이상 성장을 한 사람에게 주는 표창장을 네 번이나 받게 하는 결과를 낳았고, 다시 성적을 제자리까지는 아니지만 상위권에 안착시킨다.

나는 공부에 집중하며 그 시절 어머니와 담임 선생님과 상담 결과에 따라 선도부 활동을 시작한다. 이 활동은 나에게 매우 중요한 경험이고 값진 활동이다. 또래 학생들의 잘못된 부분을 지도하고, **문제를 해결하고 도우며 나는 타인을 이해**하는 법, 그리고 규율과 질서를 지키는 것의 중요성을 배운다. 이 경험은 내가 어른으로서 성장하는 데 큰 밑거름이 된다. 사춘기의 방황과 실패는 나무가 바람에 흔들리듯 자연스러운 일이었을지도 모른다. 그러나 중요한 것은 흔들림 속에서 다시 뿌리를 내리고 일어설 힘을 찾는 것이다. **'중요한 것은 꺾이지 않는 마음'**이라는 신조어처럼, 좌절은 결코 부끄러운 일이 아니다. **실패에서 배운 교훈은 내 인생의 큰 자산**이 되었고, 한층 더 단단하게 성장하는 밑거름이 되었다.

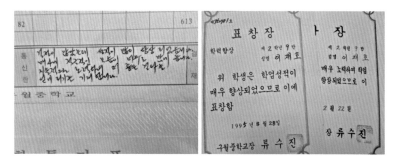

〈좌〉 성적표 가정통신란 / 〈우〉 학력향상 표창

도전과 좌절, 그리고 다시 찾은 꿈

    고등학교 시절은 또 한 번의 도전과 선택의 시기였다. 중학교에서의 좌절과 재도약을 경험한 후, 고등학교에서는 성적을 유지하려 노력했지만, 나에게 중요한 것은 단순한 학업 성취가 아닌 새로운 도전과 꿈이었다. 나는 두 개의 도시락을 들고 1시간 넘는 통학길을 다니며, 밤 10시까지 야간 자율 학습을 했다. 친구들과 '야자(야간 자율 학습)'를 빠지고 놀기도 하고, 삐삐로 연락을 주고받으며 공중전화에서 음성 메시지를 듣고, 신승훈과 박지윤의 노래를 워크맨으로 들으며 공부했던 그 시절은 어느 학생들과 비슷했지만, 내게는 특별한 의미로 남아 있다.

Goethe-Institut Seoul 전국 독일어 낭송 대회 참가(1998년)

    어느 날, 선택 과목인 CA 활동에서 인기 반에 지원했다 떨어져 '독일어 문화부'에 배정되었고, 그곳에서 '권혁신 선생님'을 만났다. 지루하다고 생각했던 활동은 선생님의 흥미로운 리더십 덕분에 새로운 관심으로 바뀌었다. 어느 날 선생님은 나에게 '전국 고등학생 독일어 시 낭송 대회' 참가를 권유하셨다. 외국어 고등학교 또는 여자 고등학교 학생들이

주로 참여하는 대회였기에 자신이 없었지만, 선생님의 권유와 호기심에 도전을 결심했다. 준비하는 동안 선생님과 함께 시간을 쏟아부으며 승부욕이 솟아올랐다. 대회 당일 서울 남산에 '독일 문화원(Goethe-Institut Seoul)'에 가서 독일어 문장을 외우며 긴장했던 순간이 아직도 선명하다. 결과적으로 본선에서 일반고 남학생으로서 유일하게 '동상'을 수상했지만, 그보다 큰 성취는 **'도전을 통해 성장하는 나 자신을 발견한 것'**이었다. 이 경험은 단순히 상을 받기 위한 경쟁이 아니라, 도전의 가치를 깨닫게 해 준 나의 소중한 계기였다.

고3이 되었을 때, 이과생임에도 나는 성균관대 독어독문학과에 지원하기로 결심한다. 독일어 낭송 대회 수상경력이 자격이 되었고, 담임 선생님(민현호 선생님)의 격려와 입시원서부터 자기소개서까지 담임 선생님과 나의 단짝 친구들 '죄파' 몇몇이 도와줘서 서류를 합격하게 된다. 독일어 선생님의 관심 속에서 2차 면접까지 합격했지만, 최종 단계에서 불합격의 고배를 마신다. 면접장에서 봤던 개그맨 정재환 씨와 탤런트 배용준 씨가 합격해 신문에 나란히 실린 걸 보고 크게 울었던 기억이 난다. 목표를 이루지 못했다는 좌절감에 수능도 만족스러운 성적을 받지 못했다.

이때 일어설 힘을 준 것은 아버지와 담임 선생님의 조언이었다. 아버지는 늘 "남자는 모든 것을 할 줄 알아야 한다"라고 말씀하셨고, 그 말씀은 삶에 대한 열린 태도, 즉 내가 인생에서 다양한 경험을 통해 넓은 시야를 가질 수 있기를 원하셨던 것 같다. 담임 선생님께서는 집안 사정과 나의 리더십을 감안해 ROTC 장교의 길을 제안하셨다. 고민 끝에 지방 국립대 예비 합격을 해 놨지만 장학금을 받으며 강릉에 한 대학에 입학한다.

Chapter 2

도전의 시간,
리더의 씨앗을 심다

"인생은 짧고, 시간은 빠르다" 윌리엄 셰익스피어가 말했듯 그리고 어르신들이 입버릇처럼 말씀하시듯 상대적이지만 20대 초반이 순식간에 지나간 것 같다. 대학 시절의 필자는 그야말로 하루하루 바쁘게 보내며 매 순간이 도전이었다. 학비와 생활비를 벌기 위해 아르바이트를 하루에 두 번씩 하면서도 캠퍼스 생활을 즐기고 싶었다. 과외, 대형마트, 김밥집, 배달, 학원차 운전, 주유소, 발전소 굴뚝 청소, 정수기 공장 등 해보지 않은 일이 없을 정도였다. 아버지께서 늘 강조하셨던 **"남자는 무엇이든 많은 경험을 해봐야 한다"**는 말씀을 실천하듯, 다양한 아르바이트로 돈을 벌고, 그 속에서 세상에 이해를 넓혔다. 특히 일을 하며 **'어떤 일이든 성실히 하면 그 속에서 배울 것이 있다'**는 사실은 내 삶에 중요한 지침이 된다.

그렇게 바쁜 일상 속에서도 학업 성적은 항상 상위권을 유지했다. 장학금이 아쉬웠기 때문이다. 차석으로 졸업할 만큼 우수한 성적을 유지하며, 과대표와 동아리 회장도 맡는다. 특히 내가 좋아했던 야구 동아리 활동은 대학생활의 소중한 추억을 만들어 주었고, ROTC 준비를 위해 시작한 태권도 동아리 활동은 내게 또 다른 성장의 계기가 된다. 태권도를 배우며 출전한 체전에서 동메달을 따게 된 것은 예상치 못한 성취고, 그만큼 **새로운 도전에서 얻는 배움이 크다**는 것을 알게 되었다. 학업과 운동, 아르바이트에 온 시간을 쏟으며 나를 지켜본 친구들이 "슈퍼맨"이라는 별명을 붙여 줄 정도로 나는 쉼 없이 움직였다.

그 속에서도 내 목표는 ROTC 입단에 있었다. 고등학교 시절부터 품었던 장교가 되고자 하는 꿈을 이루기 위해 부단히 노력한 결과 10대 1의

경쟁률을 뚫고 '학군사관 후보생(ROTC)'에 합격했고, 학군단 생활을 시작한다. 문득 합격자 발표를 보고 공중전화로 부모님께 전화한 순간이 생각난다. ROTC 후보생으로서 학업과 군사 훈련을 병행하는 것은 만만치 않았지만, 학군단 선배들의 '우리는 두 마리 토끼(학업과 군사학)를 잡는다', '누구나 장교를 할 수 있었다면, 나는 결코 장교의 길을 선택하지 않았다.'라는 가르침은 내게 큰 동기 부여가 된다. 학군단 생활은 단순한 대학 생활과는 달랐다. 동기들과의 유대감, 철저하고 강한 훈련을 통해 얻는 자신감은 내가 원하는 리더의 모습에 점점 더 가까워지게 만들었다.

필자 학군사관 후보생(ROTC) 시절(2002년)

24살이 되던 해에 대한민국 육군 장교로 임관하던 순간은 내 인생에서 결코 잊을 수 없는 순간 중 하나다. 임관식에서 내가 지지하는 노무현 대통령께서 참석하셨고, 나는 대표로 동기들을 지휘하는 영광도 경험한다. 그 순간, 나는 내 선택이 틀리지 않았음을 확신했다. 학군단에서의 훈련과 임관 과정은 **내 인생을 리딩하는 중요한 씨앗**이 되었다. 대학 시절 ROTC라는 목표를 선택하고, 그 목표를 이루기 위해 군사학과 리더십을 배웠던 이 시간들은 지금의 나를 형성하는 데 커다란 역할을 했다.

필자 군생활 중
〈좌〉유격 교관 시절 / 〈우〉 5분대기조 수색 정찰

장교로 임관한 후, 나는 전공을 살려 육군 수송 병과 소대장으로서 첫 임무를 맡는다. 강릉에 위치한 군수부대에서의 군생활은 나에게 새로운 도전과 배움의 연속이었다. 수송 소대장으로서 부대원들과 생활하며 책임을 다했고, 이후에는 작전장교로서 부대의 계획을 세우는 참모역할을 수행한다. 군생활 중에서는 항상 "제가 해 보겠습니다."라는 자세로 임했고, 이런 능동적인 자세로 인해 다양한 기회를 얻었다. 군생활 간 유격 교관, 미 2사단(Camp Casey) War game 한국군 수송 장교, 8군단 전술 훈련 대표 수송 장교 등 여러 임무를 자원하면서 군생활의 깊이를 더해 갔다. 특히 유격 훈련에서의 교관 역할은 내게 '상대방의 입장에서 생각하는 것'이 얼마나 중요한지를 깨닫게 해 주었고, 타 부대 파견 등 여러 임무는 나의 시야를 넓혀 주는 계기가 되었다.

MY LIFE MY STORY

필자 군생활 중
〈좌〉 전방 추진 보급 Convoy / 〈우〉 전역 기념 부사관들

20년이 지난 지금도 그때의 선후배 장교, 부사관, 병사들과 이어지는 인연은 내 군생활이 남긴 가장 큰 자산 중 하나다. 그들은 내게 '장사관'이라는 별명을 붙여 주었는데, 이는 내가 장교와 부사관의 경계를 허물고 누구에게나 친화적으로 다가섰기 때문이다. 당시의 부사관들과 병사들은 지금도 가족과 같이 종종 모이고 인생을 같이 살아가고 있으며, 그들 역시 내 군생활의 가장 소중한 부분으로 남는다.

돌아보면, 내 대학 시절과 ROTC를 통한 대한민국 장교로서의 시작은 단순히 목표를 이룬 시간이 아니라, **진정한 리더십과 인간관계를 배우고 인생의 중요한 가치를 터득**한 시기였다. 대학 시절 아버지의 가르침을 떠올리며 다양한 경험을 하면서 "무엇이든 다 해 보자"라는 교훈을 얻고, ROTC와 군생활을 통해 사람을 이끄는 리더십과 책임감을 배웠다. 이는 내 인생의 기반을 형성하는 없어서는 안 될 요소들이었고, 이 모든 경험이 있었기에 나는 조금 더 나은 방향으로 나아갈 수 있었다.

Chapter 3

프랜차이즈를 책임지는 리더,
멈추지 않는 도전

"군 장교로 복무를 마치고 사회에 발을 내딛었을 때, 취업은 막막하기만 했다. 내가 가지고 있던 스펙과 경험이 사회에서 얼마나 통할지에 대한 두려움과 취업 시장의 높은 장벽은 결코 쉬운 일이 아니었다. 나는 백화점과 대형마트, 프랜차이즈 업계의 관리직에 흥미를 느꼈고, 그에 맞는 회사를 탐색하던 중 이랜드그룹에 주목하게 되었다. 당시 이랜드그룹은 백화점 사업뿐 아니라 대형마트인 '까르푸(Carrefour)'를 인수하며 유통업계의 큰 변화를 예고하고 있었다. 이랜드에 입사하기 위해 나름의 전략을 세우고 철저히 준비했다. 입사 과정에서 나는 **"내가 가장 잘할 수 있는 것이 무엇인가?"** 라는 질문을 나 스스로에게 끊임없이 던졌고, 그 답을 찾기 위해 많은 시간을 투자했다. 면접 과정에서는 업무 능력뿐 아니라 나의 끈기와 책임감을 보여 주기 위해 실제 내가 직장에서 어떻게 기여할 수 있을지 구체적인 아이디어를 제시했다. 그 결과, 이랜드그룹의 공채로 입사했고 신입사원 연수 후 뉴코아백화점 전략기획실에 배치되었다. 이 과정에서 내가 얼마나 간절히 원했고 준비했는지를 돌아보며 스스로에게 자부심을 느꼈다.

〈좌〉백두산 천지, 이랜드그룹 신입사원 연수 /〈우〉뉴코아 T.F.T 시절

전략기획실에서의 첫 경험은 나를 한층 더 발전된 사람으로 만들어 주었다. 처음에는 여러 팀과 협력하여 뉴코아 점포의 매출 전략을 수립하는 업무가 부담으로 다가왔다. 전략기획실에서는 단순히 계획만 세우는 것이 아니라, 실행에 따른 결과까지 책임져야 했다. 그 결과, 매일이 긴장의 연속이었다. 사소한 결정 하나도 나중에 큰 영향을 미칠 수 있었기에, 어떤 선택을 하든 **철저한 책임감을 가지고 임해야 한다는 것을 깨달았다.** 특히 뉴코아 백화점 비활성화된 점포를 살려 보자는 프로젝트의 문제를 해결하던 중, 내가 주도적으로 접근해 소소한 대안을 제시했을 때 그 결단력과 실행력은 직장 상사들에게 큰 인상을 남겼다. 이후 아울렛 점포 관리자 역할을 맡으면서도 단순한 운영을 넘어서 책임감을 갖고 문제를 해결하기 위해 노력했다. 점포 운영에서 생기는 다양한 문제들을 관리하고 해결해 나가는 과정에서, 고객과 직원 간의 소통을 원활하게 하고, 현장에서 최선을 다해 책임을 다하는 것이 내가 회사에서 인정받을 수 있는 중요한 이유임을 깨닫게 되었다. 4년 정도 근무 후 정든 첫 회사를 그만두고 SPC그룹으로의 이직을 결심한다. 이 계기는 내 커리어를 새로운 환경에서 더 도전적으로 발전시키고 싶은 욕구 때문이었다. 파리바게뜨 프랜차이즈 관리 업무는 예상보다 복잡하고 어려운 점이 많았다. 특히 프랜차이즈 사업은 가맹점주와 본사 사이의 상생이 필수적이었다. 각 점포마다 다른 사정과 문제를 안고 있었기 때문에, **효율적으로 문제를 해결하면서도 점주들과의 신뢰를 쌓는 일이 무엇보다 중요했다.**

가장 기억에 남는 것은 한 점포에서 매출 하락으로 어려움을 겪고 있을 때였다. 그 점포는 지역적 특성과 본사의 매뉴얼 사이에서 충돌을 겪고 있었고, 나는 이 문제를 해결하기 위해 점주와 긴밀하게 협력하며 새로운 판매 전략을 도입했다. 하드웨어적인 부분을 고치며 상권 특성에 맞춘 레이아웃을 제안하고, 고객 동선을 고려한 제품 진열, 고객 응대 방식을 개선하는 등의 세부 전략을 통해 매출을 성장시킬 수 있었다. 이때 점주와 함께 문제를 해결해 나가는 과정에서 서로에 대한 신뢰가 깊어졌고, 점주는 지금도 나를 '언제나 문제를 해결해 줄 수 있는 사람'으로 기억하고 있다. 이런 경험이 축적되어 우리 회사에서 나의 책임감과 문제 해결 능력이 곧 프로페셔널한 이미지를 구축하게 한 중요한 계기가 된다.

필자 한양대학교 경영대학원 졸업 시절(2018년)

10년 차 직장 생활을 이어 오면서, 나는 어느 순간 나의 전문성을 더 깊이 쌓아야겠다는 생각이 들었다. 프랜차이즈 관리와 점포 운영 경험은 많아졌지만, 경영 전반에 대한 이해가 더 깊어진다면 내 역량을 훨씬 더 효과적으로 활용할 수 있을 것 같았다. 마침 회사 내에는 소수의 직원을 선발해 대학원에 지원해 주는 제도가 있었고, 나는 이 기회를 놓치지 않고 도전했다. 대학원 진학은 단순히 커리어를 위한 것이 아니라, 더 큰 목표를 이루기 위한 나의 **성장 의지**를 시험하는 일이기도 했다. 퇴근 후 늦은 시간까지, 그리고 주말에도 꾸준히 학업에 집중하는 시간들은 결코 쉽지 않았지만, 새로운 경영 이론과 전략을 배우는 일은 내게 많은 깨달음을 주었다. 이 과정에서 배운 지식들은 매출 전략을 분석하고 가맹점주의 사업 목표와 본사의 비즈니스 목표를 연결하는 데 큰 도움을 주었다. 특히, 가맹점주와의 상생 관계를 유지하면서 본사의 이익을 극대화할 수 있는 구체적인 방법을 찾는 데 대학원에서 배운 통찰력과 분석 능력이 크게 작용했다.

필자와 함께 성과를 내는 팀원들과 워크샵(2023년)

만 38세 이른 나이에 파리바게뜨 인천 지역 팀장으로 승진하면서, 나는 단순히 개인적인 성과를 넘어 **팀 전체의 성과를 책임져야 하는 리더**로 거듭나야 했다. 새로운 점포 오픈에서 매출 관리까지, 팀장으로서의 역할은 매 순간 새로운 도전이었다. 무엇보다 팀원들과의 소통과 협력은 내 역할의 핵심이었고, 가맹점주와 본사 사이의 이해관계를 조율하는 것도 내가 해결해야 할 주요 과제였다. 한편으로는 리더로서 팀원들이 업무에 집중할 수 있는 환경을 조성하는 것도 중요한 책임이었다. 그들을 지원하고, 각자의 강점을 살릴 수 있도록 조언하며 팀의 성과를 높여 나갔다. 특히 매출 부진을 겪는 점포가 발생했을 때, 나는 팀원들과 함께 직접 점포를 방문하여 문제 원인을 분석하고, 개선안을 마련하는 데 집중했다. 이 과정에서 팀원들은 나에게 "어떤 어려움이 있어도 끝까지 책임을 지고 함께 해결해 나가는 리더"로서 신뢰를 갖게 되었다.

지금 이 자리에 오기까지 나는 프로페셔널한 리더로서의 책임감을 배우고, 문제 해결 능력을 키워 왔다. 하지만 나의 커리어 목표는 여전히 멈추지 않고 있다. 앞으로 나는 더 큰 목표를 향해 나아가고 싶다. 프랜차이즈 관리와 운영에 국한되지 않고, 회사의 전략적인 성장을 주도할 수 있는 경영자로 거듭나고자 한다. 이 목표를 이루기 위해, 나는 계속해서 자기 계발과 학습을 멈추지 않고 있다. 회사의 새로운 방향과 전략을 이해하고, 현재의 경험을 바탕으로 더 큰 가치를 창출할 수 있는 방법을 모색하고 있다. 그리고 나는 앞으로도 어떤 어려움이 닥치더라도 지금까지와 같이 책임감과 문제 해결 능력을 가지고 최선을 다할 것이다.

Chapter 4

나를 만든 것은 내가 걸어온 길,
이것이 곧 나의 브랜드다

책임감과 신뢰의 가치를 꼭 기억하라

모든 관계의 시작은 신뢰와 책임감이라고 감히 말할 수 있다. 책임감과 신뢰는 모든 관계의 기본이며, 프로페셔널로 성장하는 데 가장 중요한 덕목이다. 나는 자주 "주변에 친구와 아는 사람도 많아."라는 말을 듣는 편이다. 호기심 많고 다른 사람의 일에 관심을 두는 성격이기도 하거니와, 요즘 유행하는 'MBTI' 검사에서는 'ESFJ' 유형의 사교적인 성향을 가진 사람으로 나온다. 하지만 관계를 오래 유지하는 비결은 단순한 성격 이상의 것이다. 진정한 관계는 책임감 있게 행동하며, 믿음을 주는 태도에서 시작된다. 이러한 책임감은 신뢰를 낳고, 이는 나 자신과 커리어의 든든한 자산이 된다.

너희들의 꿈을 응원해^^, 필자의 자녀들과 조카 '은우'

이 책을 빌려 내게 소중한 고등학생 딸 '지우'와 초등학생 아들 '주협'에

작은 골목에서 인생의 길로, 리더가 된 나의 여정

115

게 꼭 전하고 싶은 말이 있다. "책임을 다하는 사람이 되어라! 이제 곧 사회 구성원으로서 나아갈 너희들에게도 역할이 있는데, 학업이든 아니면 친구들과의 작은 약속이든 그 책임을 지는 태도는 단지 학업 성취 이상의 큰 의미가 있을 것이다."라고 말이다. 이는 곧 자신의 선택에 대한 주체적인 태도를 꼭 키워 줄 수 있을 것이다. 분명 책임감을 통해서 얻은 성취감은 어른이 되어서도 큰 자산이 될 것이라 믿는다.

필자보다 어린 후배들에게는 **"책임감이 곧 나의 브랜드"**라는 것을 말해 주고 싶다. 직장이나 속해 있는 조직에서 상사와 동료들이 나를 신뢰하는 이유는 내 업무의 완성도와 신뢰성 덕분이다. 업무나 일상의 문제든 끝까지 책임지겠다는 마음가짐이 꼭 신뢰를 만든다는 것을 꼭 기억해야 한다. 시간이 지날수록 사람들에게 나는 믿고 맡길 수 있는 존재로 각인시켜 줄 것이다.

그리고 신뢰는 일상 속 작은 행동에서 비롯된다. 자신이 속해 있는 어디서든 신뢰는 작은 약속을 지키는 것에서 출발한다. 필자와 동일 직종에 있는 사람들에게 "신뢰는 사소한 일에도 최선을 다하는 자세에서 쌓인다." 프랜차이즈 관리자로서 신뢰는 가맹점주와의 관계에 필수적이며, 모든 관계에 통용된다. 약속을 지키지 않는다면, 그 관계는 흔들리기쉽다. 특히 비즈니스 세계에서도 이 원칙은 다르지 않다. 작다고 여겨지는 약속이라도 소중히 여길 때, 우리는 함께 목표를 향해 나아갈 수 있다. 2018년 필자의 논문에서도 '프랜차이즈 슈퍼바이저(점포 관리자)와 관계 역량이 가맹점주가 가맹점 운영에 도움이 많이 된다'는 연구 결과가 필자가 강조하는 부분을 뒷받침 해 준다.

마지막으로 덧붙이고 싶은 말은 "신뢰를 쌓는 데는 오랜 시간이 걸리지만, 잃는 것은 한 순간이면 충분하다"는 것도 첨언해 주고 싶다. 신뢰를 바탕으로 성장하고자 한다면, 눈앞의 이익에 흔들리거나 타협하지 말고, 한결같은 마음으로 나아가기를 바란다.

변화를 수용하고 끊임없이 나를 업그레이드하라

끊임없이 배우고 성장하려는 나의 갈망이 지금 나를 만들었다고 해도 과언이 아니다. 이 갈망이 나를 업계의 전문가로 자리 잡게 했고, 지금도 나의 커리어를 이끄는 원동력으로 작용하고 있다. 직장에서 쌓은 경험뿐 아니라 학업을 통한 배움의 자세는 내가 한층 더 높은 위치로 나아갈 수 있도록 돕는 중요한 자산이었다. 단순히 하나의 자격을 얻기 위한 학습이 아닌, **세상을 이해하고 스스로 넓혀 나가는 과정에서 끊임없이 배우고자 하는 자세, 그리고 여기에 덧붙인다면 다양한 활동과 경험**은 모든 일에 필수적인 도움이 된다는 것을 깨달았다.

많은 부모들이 자녀에게 학업 성취를 강조한다. 나의 자녀들에게는 **'현재 하고 있는 작은 공부들이 더 큰 그림의 한 부분을 이루는 소중한 요소'**라는 부분을 강조하고 싶다.

지금 배우는 지식과 경험이 당장의 성과로 드러나지 않더라도, 시간이 지나면 큰 변화를 이룰 것이다. 배우고자 하는 호기심과 스스로 원하는 것을 탐구하는 습관이 자신이 나아갈 방향을 더 명확히 만들어 줄 것이다. 스튜어디스, 축구 선수, 두 자녀가 꿈꾸는 희망이고 그 꿈을 향해 나아간다. 그 꿈이 이루어지지 않더라도 과정 속에서 얻는 배움은 분명 삶에 유익할 것이라 믿는다.

필자도 군 시절부터 직장에 첫발을 딛을 때 처음부터 모든 걸 잘할 수는 없었다. 직장 초창기에는 큰 그림을 보는 훈련이 되어 있지 않아 혼란스럽고 실수도 잦았다. 하지만 실패와 실수를 통해 매일 작은 배움을 목표로 삼고 성장해 온 이 과정이 나에게는 무엇보다 소중하다. 모르는 것은 묻고 시간을 내어 학습하며 매일 조금씩 발전하다 보니, 어느 순간 더 큰 업무를 맡은 나를 발견하게 되었다.

직장 생활을 하다 보면 "경력이 몇 년이에요?"라는 말을 심심치 않게 듣곤 한다. 내가 "17년차입니다"라고 답하면, "그럼 프로네요"라고 사람들은 말한다. 이 말인 즉, 한 업에서 10년차 이상 일을 한다면 그 업에 대해서는 전문가라는 뜻이다. 이 말에 대해 정말 공감한다.

필자는 현재 회사에서 팀장 5년차로 근무하며, 여전히 '오늘도 조금 더 배우겠다'라는 마음가짐으로 일한다. 프랜차이즈의 운영, 지역별 시장 특성, 최근 고객 트렌드를 배우고 분석하며, 팀원들과 매주 배움을 공유하는 시간을 갖는다. 이 시간을 준비하기 위해 나 또한 두 배 이상을 공부를 하면서 나 또한 성장하고, 팀원들도 성장하는 모습을 보는 것도 큰 보람이자 결실이다.

마지막으로, 같은 업계에 종사하는 분들과 모든 직장인들에게 조언하고 싶다. 성공을 위해서는 트렌드와 소비자 니즈에 민감하게 반응하고 이를 현장에 적용할 수 있어야 한다. 변화의 흐름을 수용하기 위해서는 배움에 대한 기본적인 자세와 새로운 것을 받아들이는 유연함이 필수적이다. 그리고 관계에서는 易地思之(역지사지)의 마음가짐과 상대방의 말을 경청하는 자세가 중요하다.

필자가 대학원을 진학하여 경영학을 다시 공부한 것도 이와 같은 이유에서였다. 오랜 시간 현장에서 일하다가 학문으로 돌아가는 것은 쉽지 않았지만, 현장 경험과 새로운 이론적 지식을 연결하며, 최신 경영 전략과 리더십을 배워 더 나은 프로페셔널로 성장하고 싶었다. **'새로운 것을 배우고 변화를 수용할 준비가 되어 있다면, 이 글을 읽는 독자들도 어**

떤 상황에서도 스스로를 더 높일 수 있는 기회를 얻어 보라'라고 전하고
싶다.

  성장을 위한 도전은 결코 쉽지 않지만, 그 안에서 나 자신을 끊임없이
발전시키는 것이 진정한 배움의 길이다. 이 배움이 내 인생의 밑거름이
되었고, 앞으로도 계속 전진하는 원동력이 될 것이라고 믿어 의심치 않
는다. 세상은 빠르게 변하고 있다. 그 변화 속에서 나를 업그레이드하며
나아가는 과정이야말로 진정한 성장일 것이다.

MY LIFE
MY STORY

도전하지 않는 삶,
변화는 없다

Chapter 1   도전을 즐기는 아이

Chapter 2   일단 해 봐야 알지

Chapter 3   들어 봤지? Never give up!

Chapter 4   그래, 지금이 딱! 좋아. 시작해 봐

• 저자 프로필

(現) 메가엠지씨커피 논현역점 대표
파리바게뜨 당산행복점, 신길대신점, 여의도점 대표

(前) EY한영 회계법인 Talent team (Ernst and Young)
Samsung TESCO (홈플러스) Talent Development team
영남대학교 경영학 석사 (인사조직 전공)
계명대학교 사회체육학과 졸업

손창우

전자우편 : 3678486@naver.com

우리의 삶은 끊임없이 변하고 있습니다. 그것이 여러분들의 개인적인 삶이나 직장 내에서의 경력, 혹은 주변의 환경 변화이든 관계없이 적응하는 것은 어려울 수 있습니다. 그러나 이러한 변화를 받아들이고 도전하는 법을 배우는 것은 개인적인 성장과 성공으로 이어질 수 있습니다.

필자는 40세에 직장에서 퇴사를 하고 남들보다 조금 일찍 사업에 뛰어 들었습니다. 잘한 선택이었습니다. 미래에 대한 막연한 두려움과 걱정은 이미 오래전에 잊어버렸습니다. 이 책에선 그런 과정들을 필자가 경험해 온 여러 가지 사례들을 통해 밀도 있게 담아 보려고 노력했습니다. 곰곰이 여러분들의 이야기와 비교하며 읽어 보면 어느새 여러분들에게도 용기와 희망이 성큼 다가왔음을 느끼게 될 것입니다. 새로운 변화 앞에 망설이지 말고 도전하시길 바랍니다.

도전을 즐기는 아이

자전거를 타고 새로운 길을 찾아 떠났다

캄캄한 집 앞에는 어린 눈으로 보아도 빨강 파랑의 경찰차가 예닐곱 대는 되어 보인다. 저 멀리서 누군가가 "아이고 야야, 창우야, 어디 갔다 오노?"라며 몹시 다급한 소리로 나를 반갑게(?) 맞이해 주었는데 바로 지금은 70이 넘은 어머니였다. 처음 보는 어머니의 울먹임에 그제서야 무엇인가 잘못되었음을 직감한다. 전기가 오는 듯한 찌릿함. 여러분들도 한 번쯤은 또다른 상황에서 느껴 보았을 것이다.

나는 어려서부터 유난히도 새로운 길을 개척하고 가 보는 것을 좋아했다. 아직 가 보지 못한 곳에 대한 호기심과 기대감에 이 날도 어디선가 생긴 멋진 두발 자전거를 타고 옆집 순이를 태워서 거리를 헤매다 캄캄한 밤이 되어서 겨우 들어온 것이었다. 지금이야 모든 거리가 훤하지만 내가 어린 시절엔 6시

형이 태워 준 자전거

만 되어도 가로등 조명 없는 곳들이 많아 매우 위험하고 무서운 동네여서 집에서는 난리가 났다. 하… 단순 해프닝으로 끝나긴 했지만 아마 이때부터 내 마음 속에 도전정신이 싹 트고 있었음이 틀림없다. 지금도 거리의 '자전거'를 보면 그때의 기억이 난다.

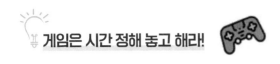

게임은 시간 정해 놓고 해라!

11살, 9살인 두 아이들에게 매일같이 와이프가 하는 이야기이다. 옆에서 듣고 있으면 내 입가엔 저절로 미소가 지어진다. 왜냐하면 나에겐 게임과 관련된 재미난 에피소드가 또 하나 있기 때문이다. 이날도 우리 집 앞엔 경찰차들이 여럿 출동했다.

조그마한 사업을 하던 우리 집은 어린 내가 보기에도 천 원, 오천 원짜리 현금이 꽤 많았다. 무슨 마음인진 모르겠지만 난 용감하게도 아버지의 지갑에서 5천 원을 꺼내서 언덕 위에 있는 작은 오락실을 찾았다. 지금이야 PC나 플레이스테이션방에서 밝고 쾌적하게 즐길 수 있지만 80년대 동네 오락실은 10원짜리 넣고 쪼그려서 하던 곳이었다. 벽에는 짙은 썬팅이 되어 있어 대낮에도 실내는 어두웠다. 그때 돈 5천 원으로 얼마나 오랫동안 앉아 있었는지 모르겠지만 돈을 다 쓰고 나왔을 때는 이미 저녁 시간을 한참 지난 후라서 집은 또 한바탕 난리가 났었다. 물론 낮과 밤에 대한 시간 개념이 전혀 없었던 나는 이 일을 계기로 훗날 시간 관리에 대한 철학이 생길 만큼 뇌리에 확실히 자리 잡았다.

철없이 꿈 많았던 시절, 그래도 목표는 정해야 한다

　초등학교 앨범을 보면 단답형으로 장래희망을 적을 수 있었다. 아마 훗날 대통령이나 큰일을 칠 만한 녀석들을 가려 보려고 했는지… 난 아무튼 경찰이었다. 특별한 이유가 있었던 것도 아닌데, 단순히 나쁜 도둑을 잡아 주고 착한 사람을 도와주는 그런 경찰이 되어 사회에 공헌하고 싶었던 모양이다. 그러나 학년이 올라가면서 내 꿈은 여러 번 변했는데 거기에도 별다른 이유는 없는 것 같다. 그냥 미래에 대한 고민이나 준비가 덜 되어 있던 터라 상황에 따라 자연스레 바뀐 것 같다.

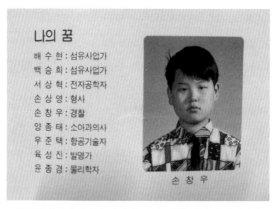

친구들의 장래희망이 사업가, 의사, 경찰, 발명가 다양하다

　좀 더 나이가 찼을 때, 나는 인사 담당자가 되어 대학의 취업캠프에서 누군가에게 조언을 해 줄 수 있는 위치에 있었다. 대학생들을 만나며 어느 정도 스펙 있고 목표의식 있는 이들이라 생각했지만 대화를 하면 할수록 기대는 실망으로 변했다. 미안한 이야기이지만 대부분의 이들은

아직 미래에 대한 꿈을 정하지 못하거나 거의 없는 것이나 마찬가지 수준이었다.

목표가 없는 우리 삶은 주변의 환경에 따라 쉽사리 바뀌고 거기에 따라 꿈도 바뀌어 가는 것 같다. 어린 시절 영원할 것만 같던 내 꿈도 나이가 들고 현실을 받아들이며 바뀐 것도 같은 이치라 생각한다. 그런 혼란 속에서 늘 변화하며 내 모습은 디자인되어 왔고 대학 시절쯤부터 어느정도 미래를 구체화하여 목표를 정했던 거 같다. 직장은 꼭 대기업에서 사회생활을 경험해 보고 싶었고, 이런 경험을 바탕으로 50대에는 개인 사업을 하겠다는 목표를 잡았었다. 마치 예언이라도 했던 것일까? 어릴 적 꿈 많았던 나는 현재 직장을 거쳐 개인 사업을 운영하고 있다.

하키 채 사랑

대부분 고교시절은 공부와 혈투를 벌이겠지만 난 조금 달랐다. 신체가 남달리 건강하고 좋았던 나는, 물론 40대 중반인 지금도 나쁘진 않지만 그땐 아주 탄탄했던 거 같다. 그래서 그런지 난 늘 선배들의 타깃이 되었고 남들과 다른 학교생활을 하도록 강요당했던 거 같다. 소위 말하는 Bully(약자를 괴롭히는 사람)였다. 차마 여기서 다 밝히진 못하겠지만 한번은 내가 큰 사건을 만들어 선생님께서 부모님을 호출하신 적이 있었다. 나는 그날 아버지에게 정신이 번쩍 들도록 맞았는데, 어디서 났는지는 아직도 미스터리지만 아버진 필드(Field) 하키 채를 가져오셨다. 하키 채의 단단함과 내구성은 경험해 보지 못한 사람들은 절대 알 수가 없을 것이다. 농구선수 출신이었던 아버지는 공부보단 인간됨을 우선시하셨고 갈팔 못 잡는 불쌍한 중생 하나 살리시려고 단단히 마음을 먹으셨던 거 같다. 그날은 내가 지금의 건전하고 올바른 인간성을 가지게 되었던 인생의 몇 안 되는 전환점이라 생각한다. 참고로 2024년 10월, 고향집에 방문했다가 그 하키 채가 창고에 그대로 있는 걸 보고 아버지와 서로 마주보며 크게 웃었다. 무슨 이유인지 아직까지 고이 간직하고 계신다. 아버지께서 주신 그때의 교훈. 살아가는 데 큰 도움이 되었습니다. 진심으로 감사합니다!

오기(Refuse to yield) 발동

하키 채 사건에 이어 난 진로를 변경하고 대학 진학을 위해 운동을 시작했다. 고등학교 2학년, 체대입시학원을 다녀오고 아주 터질 듯한 근육통을 경험하며 힘들다는 게 무엇인지 난생 처음 몸으로 배우게 되었다. 신체 좋은 나보다 더 잘 뛰는 친구들을 보며 경쟁심을 느끼게 되었고, 그때부터 마음속에 '오기'란 게 생기기 시작했던 거 같다. 그 오기가 무엇인지 정확하진 않지만 지긴 싫고 '저 녀석쯤에겐 이길 수 있겠는데?'라는 미묘한 감정이었던 거 같다. 그래서 난 어떻게든 이겨 보려고 남아서 더 연습하고, 더 뛰고, 더 달렸다. 이런 오기는 내가 훗날 직장생활을 하며 동료들보다 조금 더 나은 아이디어를 생각해 내고 마지막까지 하나라도 더 끌어내려는 자세를 갖게 해 주었다.

매일 흠뻑 젖은 운동복을 보며 시간은 조금씩 단축되었고 결국 난 가장 먼저 대학에 입학하는 성과를 이뤄 냈다. 이런 게 바로 자신감 아닐까? 오기로 극복해 낸 좋은 경험이었다.

Chapter 2

일단 해 봐야 알지

다이어트에 성공한 사람과는 만나지 마라??

정말 힘들고 그만두고 싶었다. 하지만 난 세 달 만에 103kg에서 83kg로 멋지게 다이어트에 성공한 독한 마음을 가졌다. 노하우를 공개하자면… 일단 음식량부터 줄였다. 당시 먹성 좋기로 소문난 나는 한 번에 2인분 이상을 거뜬히 먹을 수 있었는데 그런 내 패턴을 바꿔 하루 5-6번에 걸쳐 나눠 먹으려고 노력했다. 사실 이게 가장 힘들다. 굶주리는 배를 잡고 참는 것은 여간해서 지속하기 어렵다. 배는 부르지 않게, 그러나 꾸준한 열량 보충으로 하루 3번, 총 6시간의 운동을 소화해 냈다. 일어나서 조깅, 점심엔 라켓볼, 저녁엔 수영/헬스 이렇게 고강도 운동을 했다. 도저히 뚱뚱한 몸으로는 내가 원하는 ROTC 체력 테스트를 통과할 수 없었고, 불가능하다는 걸 스스로 잘 알고 있었기 때문에 당시에는 내 살을 빼는 데 모든 것을 바쳤다 해도 과언이 아니다. 원래 다이어트는 한 번

살 빼기 전과 후(왼쪽에서 두 번째가 필자)

에 살이 빠지지 않는다. 내 경우에는 첫 한 달은 오히려 체중이 2키로 정도 불어나기 시작했는데, 그 뒤로는 매일매일 1-2키로씩 빠지는 신기한 경험을 하게 되었다. 그때는 체중계에 올라가는 하루하루가 신이 났다. 그로부터 3개월 후 난 당당하게 다이어트에 성공하며 '많은 사람들이 포기하지만 나는 할 수 있다'는 성취감과 '이제 원하는 옷을 입을 수 있다'는 무한 자신감도 얻게 되었다. 큰 거울 앞에 서서 스스로에게 '정말 잘했어! 멋지다!'라며 칭찬을 아끼지 않았다. 그러나 그것은 우연이 아니라 목표를 이루고자 했던 나의 집념과 꾸준함의 결과라 생각한다. 세상에 많은 것 중에서 꾸준함과 성실함을 이길 수 있는 것은 많지 않다. 수십, 수백 년의 풍파가 커다란 바위를 깎아 내듯이 나는 꿈을 향해 조금씩 그 고통을 이겨 나아가고 있었다.

💡 선택과 집중

　바쁜 일상을 사는 내가 아주 좋아하는 단어이다. 부푼 꿈을 안고 학군단에 입단했을 때, 선배들은 후배 기강을 잡아야 한다며 정말 말도 안 되는 이유로 얼차려를 주었다. 한 번은 선배들이 새벽 1시에 아무도 없는 학교 뒷산에 불러 모았다. 그들에게 유선 보고 없이 집에 갔다는 이유였는데, 마치 관문을 통과하듯이 20-30미터마다 선배들이 얼차려를 주었고 아마도 3-4시간 동안 받은 거 같다. 그날 난, 내가 선택한 이 길이 원래 이런 것인가? 나의 선택이 잘못된 것인가? 많은 회의가 들었고, 선배들에 대한 반감과 미움 등 많은 생각들을 하게 되었다. 글쎄 나중에 후회할 수도 있지만 한번 되받아치고 현역 입대를 할까 싶은 생각도 여러 번 들었다.

　선택해야만 했다. 내가 '받아들일 것인가? 내칠 것인가?'

　많은 내면의 갈등 속에서 결론은 더 큰 목표를 위해 지금의 고통을 참아 내기로 했다. 결코 쉬운 결정은 아니었지만 일단 해 보기로 했다. 선배들에게는 더욱 적극적인 모습으로 다가서기 위해 집중 문자 공세도 하고 연락도 자주 했다. 잘한 선택이었다. 그것도 내가 받아들여야 하는 부분이라 생각하니 비록 몸은 고단했지만 마음은 편했던 것 같다. 일단 해 보니 별거 아니라는 생각이 들었다. 어른들이 말하는 '라떼는' 시절 군대와 내 생활도 분명 많은 차이가 있겠지만 예나 지금이나 선택과 집중은 어렵고 복잡한 문제 상황을 극복하는 데 매우 중요한 역할을 하는 것 같았다. 오랜 세월이 지나서 그런지 후배들 앞에서 주름잡던 선배들이 지금은 어디서 무얼 하고 있는지 궁금하다.

💡 가슴 속에 핀 노란 꽃

　군생활을 통틀어 내게 온 가장 큰 변화는 인생을 준비하는 마음가짐이었다. 생각해 보면 지금까지 23년간의 내 인생은 물질적인 풍요와 복에 겨운 나날들이었다. 나는 ROTC 42기로 임관해 육군 중위로 전역했다. 장교들의 훈련장인 전라도 장성의 유격장에서 교육생(예비장교)들은 2주 동안 한 번도 씻지도 못하고 제대로 잠도 못 자면서 밤마다 가족들 생각에 눈물을 훔치곤 한다. 나 역시 극도로 지친 몸으로 잠이 들지만 외로움과 두려움, 벗어나고 싶은 답답함과 사람에 대한 그리움… 이러한 생각들에 옭매어 보니 알 것 같았다. 몸도 마음도 지치고 그냥 다 그만두고 싶은 생각이었지만 마지막 관문을 두고 포기할 수 없었다. 이런 살벌한 분위기는 정말 살면서 처음이었다.

　4월이었지만 그곳에는 엄청난 폭설과 매서운 바람이 불었다. 몇몇 선배들은 훈련 중에 안타까운 목숨을 잃었다고 절벽에 세워진 비석에 쓰여 있었다. 그래서 더욱 그렇게 느껴진 것인지 모르겠지만 결코 나도 긴장하지 않을 수 없었다. 그런 가운데 한 줄기 희망의 빛이 되었던 것은 연병장(운동장)에서 바라보이는 절벽 가운데에 '하면 된다! 안되면 되게 하라!'는 노란색 문구였다. 이곳의 분위기를 한층 더 엄숙하게 가라앉히고 있었지만 반대로 마치 나에게 이곳에서 꼭 살아서 돌아가라고 주문하는 것만 같아서 뇌리에 깊이 박혀 있다.

　2주차 산악 탈출은 전쟁에서 포로로 잡혔을 때 스스로 탈출하는 것을 가정해서 하는 훈련인데 우리는 누구의 도움을 받을 수도 없고 자체적으로 모든 것을 해결해야만 했다. 밤새 산을 타고 다음 목적지까지 가야 하는데 무슨 이유인지 다음날 정상 작동되는 손전등이 고작 2대뿐이었다. 10명의 팀원들은 당황했고, 엎친 데 덮친 격으로 동기 중 한 명이 발을 헛딛고 다치면서 우리 팀은 낙오할지 모른다는 절망적인 상황까지 갔었다. 한 명이 낙오하면 그 팀 전원이 낙오할 수 있던 상황이라 어떤 동기는 따가운 시선을 보내기도 했고, 몇몇은 절망에 빠진 눈빛으로 서로만 바라보았는데 그 순간을 기억하기론 제법 살벌했던 거 같다. 그러나 우리는 '안되면 되게하라'고 했던가? 그런 어려움 앞에서도 앞으로 계속해서 나아갔다. 손전등 대신 하늘에 떠 있는 달빛을 반사시켜 지도를 확인하고 부상자의 장비는 하나씩 서로 나눠서 들어 주며 뜨거운 동기애를 나누었다. 서로의 몸에 줄을 묶고 간격을 유지한 채 계속 이동해 무사히 탈출에 성공했다. 난 체력이 좋아 20키로가 넘는 동기의 군장을 들어 주었는데 완주의 기쁨을 만끽하며 서로 얼싸안고 눈물을 흘렸던 기억이 난다. 절체절명의 순간에 불가능을 가능으로 전환시켜 본 사람은 어떠한 위기에서도 강한 정신력으로 이겨 낼 수 있다고 생각한다. 세상에 불가능은 없다.

절벽에 있는 문구가 눈에 확 들어온다

Chapter 3

들어 봤지?
Never give up!

Never give up

난 지방대에서 체육학을 전공하고도 대기업 인사팀에서 10년 이상 근무한 보기 드문 전력을 가진 사람 중 한명이다. 나중에 과·차장이 되기까지 이런 꼬리표는 줄곧 나를 따라다녔는데 혹자는 이런 스펙을 가진 사람이 입사한다는 것은 거의 불가능이라 했지만 포기하지 않고 끊임없이 도전해 만들어 냈다. 이런 나에게 스스로 박수를 보내 본다. 운동하면 공부 못한다는 말이 듣기 싫기도 했고, 어릴 적 부모님께서 영어와 컴퓨터만큼은 게을리하지 말라고 당부하셨던 덕분에 난 특히 영어책과 팝송에 관심이 많았고 영어 라디오 방송도 편식하지 않고 들었던 거 같다. 하긴 2008년 입사 당시 우리 동기들의 토익 평균이 955점이었으니 나도 경쟁력이 어느 정도 있었음이 분명하다. 이런 노력은 훗날 회사에서 미국 출장을 가게 된 계기가 되기도 했다.

좀 더 앞서, 취업 준비 기간 동안은 정말이지 아픔의 연속이라 해도 과언이 아니었다. 입사지원서를 제출하면 서류전형에서조차 합격하지 못하고 떨어지길 수차례, 부끄러운 이야기이지만 거의 100번은 떨어진 것 같다. 솔직히 이야기하면 소위 내로라하는 학교 출신들의 엘리트들과 난 경쟁이 되질 못했다. 점차 시간이 지체되면서 부모님께 용돈 받아 쓰는 것도 손이 부끄러웠고, 경제력이 없다 보니 무엇인가 독립적으로 할 수 있는 게 많이 없어서 답답했다. 이런 이유로 한때는 취업을 포기할까 생각도 했지만 다시 한 번 불굴의 투지를 되새기며 포기하지 않았다. 이당시 A대학, B대학 취업박람회를 찾아 정보를 찾던 중 매번 만나게 되는 어느 컨설팅 대표에게 고민을 상담하게 되었는데 내 열정이 대단하다며 자기소개서 쓰는 노하우를 자세히 알려 주었다. 그것을 시작으로 결국 난 여러 난관들을 이겨 내고 당당하게 대기업 대졸 공채로 입사하게 되었다.

준비된 사람이 기회를 얻는다

어렵게 입사했지만 굵직한 프로젝트도 곧잘 수행해 냈다. 홈플러스 교육팀에서 근무할 때, 그룹의 이승한 회장님을 모시고 Boston으로 4개월간 출장을 간 적이 있다. 당시 T.O는 2명이었는데 평소 영어를 좋아하던 나를 눈여겨본 상사 분께서 추천해 주셔서 핸드픽업(Hand Pick-up)되었다. 그러나 승선의 기쁨도 물론 좋았지만 태어난 지 한 달밖에 되지 않은 아들(지후)와 아내를 두고 혼자 타지에서 생활해야 한다는 부담감도 상당했다. 새로운 도전이자 중대한 선택을 해야 했다. 고민 끝에 해외생활에 로망을 가지고 있던 난 이런 기회를 놓치기 않기로 했다. 아마도 이런 날을 위해 영어 공부도 하고 인사팀에서 근무하고 있었던 것은 아닐지 모른다는 생각에 기회를 잡았던 것 같다.

그곳에서 난 하버드와 보스턴 대학에서 강연하는 회장님의 스피치 발표 자료를 만들고 이를 책으로 펴내는 작업을 맡았는데 그룹의 대표님과 일한다는 것은 정말이지 강한 정신력과 맷집이 없으면 버텨 낼 수 없을 정도였다. 정말 지독하게 일을 시키셨는데 미국에서 한국과 커뮤니케이션 하기 위해서는 거의 잠자는 시간이 없이 일했던 거 같다. 처음 접하는 외국 문화에 대한 낯섦과 '당일배송'처럼 한국에선 가능한데 이곳에선 불가능한 많은 것들이 업무의 장애물이었고 문화적인 다름(Culture Difference)을 수용해야 하는 심적 부담으로 이 생활을 지속할 수 있을지에 대한 고민이 많았다. 그래도 난 다시 포기하지 않고 견뎌 냈다. 다들 미국 가면 살 쪄서 온다던데 글쎄 난 얼마나 힘들었던지 귀국했을 땐 살이 거의 6키로나 빠져 지친 내 마음을 가족들로부터 많은 위로를 받을 수 있었다.

(왼쪽) 삼성 테스코 이승한 회장님 (가운데) TESCO Global CEO (오른쪽) 필자

　한번은 행사용 포토존을 만들라는 지시가 있었다. 회장님께서는 쉽게 던진 말이었지만 미국에서 이틀 만에 무엇인가 제작을 한다는 것은 그들의 생활 문화에서는 거의 불가능했다. 시간의 압박으로 동료는 포기하자고 했지만 난 끝까지 고민했는데… 그 순간! 한국과 미국의 시간차를 이용해 한국에 제작을 의뢰하고 행사차 올 때 가져다 달라고 요청하자는 아이디어를 냈다. 평소에 친분을 쌓았던 제작업체 사장님께서는 흔쾌히 수락해 주셨고 난 성공적으로 일을 마무리했던 것 같다. 역시 포기하지 않고 끝까지 물고 늘어지면 안 되는 게 없었다. 쉽지 않은 발상이었지만 마지막 순간까지 고민하면서 해결 방법을 찾았던 에피소드였다.

　MY LIFE MY STORY

살면서 우리는 쉬운 문제보단 오히려 힘들고 어려운 상황에 부딪쳐 문제를 해결해야 될 상황들이 더 많다고 생각한다. 그러나 그 순간에도 포기하지 말고 끝까지 방법을 찾으면 반드시 해결할 수 있으니 쉽사리 끈을 놓지 말자.

💡 거절해야 사는 법

직장생활은 기본적으로 고생할 각오를 해야 한다. 어떤 직장이든 편하고 쉬운 곳은 없다. 그러나 일과 달리 인간관계가 나빠지면 직장생활은 괴로워질 것이다. 십여 년간 직장생활을 돌아보면 거절을 잘 하지 못한 것이 가장 후회스럽다. 난 동료들과 마찰이 일어나지 않게 팀에게 주어진 업무는 내가 도맡아서 하는 것이 중간관리자로서 미덕이라 생각했었다. 그도 그럴 것이 여의도로 이직 후에 나는 마치 신입처럼 자신감으로 충만했었다. 인정받고 싶었던 것일까? 아님 새로운 회사에서 기대하는 바에 부응하려고 스스로를 냉정한 세계로 떠밀었던 것일까? 아무튼 그때는 열심히 일을 받아서 수행했다. 그러나 내가 과소평가를 한 것인지 업무는 점차 눈덩이처럼 불어나 결국 내가 감당하기 어려운 지경까지 이르렀고 밤을 새도 해결되지 않았다. 이미 상황은 되돌릴 수 없이 심각했다. 어떤 날은 새벽 3시에 퇴근하고 5시에 출근해도 해결의 실마리는 보이지 않았고 마감 기한은 점점 다가오는데, 그 압박감은 경험해 보지 않은 사람은 이해할 수 없으리라. 이때 와이프는 샤워만 하고 다시 출근하는 날 보며 일에 미친 사람이라고 이야기할 정도였다. 다행히 마감 기한 연장으로 업무는 무사히 마무리했지만 그런 노력에도 불구하고 그 사이 동료들과 생겼던 마찰은 아직까지 생각하고 싶지 않은 기억이다. 일을 떠나 회사생활을 하는 내내 팀원들과 관계가 불편해지는 것이 나에게는 하루하루가 지옥 같았고 이때를 기점으로 '거절을 잘 하는 법'에 관심이 많이 생긴 것 같다. 그래서 요즘은 상대방의 기분을 나쁘게 하지 않으면서 적절히 거절하는 방법을 잘 사용하고 있다.

빵과 커피를 싣고 더 넓은 곳으로

아이들이 점점 자라면서 돈이 억수같이 들어가기 시작했다. 분유와 기저귀 값이 부족해 남몰래 많이 울었다. 돈이 부족하고 생활이 어려우니 와이프와 많이 싸우기도 했다. 당시 내 월급은 300만 원 남짓으로 서울로 올라와 월세방에서 두 아이를 키운다는 것이 결코 녹록지만은 않았다. 바쁜 회사에서 퇴근해 집에 오면 핏덩이 같은 두 녀석들이 나를 반겨 줬지만 그 기쁨도 잠시, 아이들 뒷치다꺼리를 하다 보면 어느새 나도 힘에 겨워 쓰러져 버린다. 하루이틀이라는 시간이 정해져 있으면 어떻게든 하겠지만 기약 없는 날들이 예상되니 정말 눈앞이 캄캄했다. 무엇인가 나에겐 변화가 필요했다.

위기는 기회라고 했던가? 밤낮으로 고민한 끝에 사업을 하기로 결심했다. 막연한 미래를 앞에 두고 모험을 할 수는 없어서 전략적인 접근이 필요했다. 나는 회사를 계속 다니며 안정적인 수입을 유지하고, 와이프가 사업을 하기로 했다. 취업박람회를 다니며 수집한 정보로 작은 베이커리 전문점을 시작했는데, 수년간 유통업을 통해 갈고 닦은 지식을 활용해 상권분석/마케팅/서비스에 접목시킬 수 있었다. 나는 과거 경험을 현재로 연결하는 것을 매우 좋아하고 잘 한다. 그게 큰 시너지 효과를 낸다는 것은 말해 무엇하랴. 확실히 이곳은 매출 상승의 기회가 있음을 직감으로 예상할 수 있었다.

결과는 대성공이었다. 당시만 해도 리뉴얼 후 매출은 10-15프로 상승이 일반적이었으나 우리 매장은 30프로를 훌쩍 뛰어올랐고, 특별 주문이나 단체 주문도 물밀듯이 들어왔다. 살을 에는 겨울에도 길거리에서 전단지를 배포하며 매장을 홍보했던 것과 오픈 전 매장 앞에서 하루 종일 지나가는 사람들의 동선과 손에 쥐고 있던 물건들을 유심히 체크(소매점이 잘 되려면 일단 지나가는 사람들이 손에 뭐라도 많이 들고 있으면 긍정적이다.) 했던 기억은 쉽사리 잊지 못한다. 그렇게 몇 개월이 지나니 통장은 무거워졌고 아이들에게 원하는 것들을 자유롭게 해 줄 수 있을 정도로 나와 가족의 생활은 변하고 있었다. 이제 어느 정도 가난(?)을 벗어나기 시작했다.

첫 번째 제과점(파리바게뜨 당산행복점, 2017) 오픈 때 아내와 함께

수국

저서의 마지막으로 가기 전에 잠시 와이프 이야기를 꺼내 보고자 한다. 이름은 '김수희'. 나는 '여보, 지후 엄마'란 말 대신 이름을 부른다. 나중에 나이가 더 들어도 내게는 하나밖에 없는 아주 사랑스런 여자일 테니까 계속 불러 주고 싶다. '수희'는 명랑하고 밝은 성격으로 주변 사람들의 기분을 좋아지게 하는데, 꽃으로 비유하자면 화려한 '수국' 같은 존재이다. 수국의 꽃잎은 처음에는 연자주색이었던 것이 하늘색으로 바뀌었다가 나중에는 연한 홍색으로 변한다고 한다. 변화에 잘 적응하고 그 자체로도 예뻐서 관상용으로 많이 사용된다. 수희도 그런 사람이다.

수국: 비단으로 수를 놓은 것 같은 둥근 꽃

대학원에서 선후배 사이로 만난 우리는 누가 먼저라 할 것도 없이 서로에게 호감을 가지고 결혼까지 골인했다. 그때 당시 와이프는 보험 회사 팀장을 맡고 있었고 전국에서 1위도 하고 제법 이름이 나 있던 때였는데 어느 날, '최고일 때 떠난다'는 말을 남기며 과감하게 카네기 리더십

강사로 전환했다. 놀라운 도전이었지만 아주 잘 소화해 냈다. 그리고 여기저기 러브콜을 받을 때쯤 내가 본사로 발령 나면서 함께 낯선 서울로 입성했다. 와이프는 지하철도 못 탈 정도였으니 모든 것이 새로운 도전이었을 것이다. 이 저서를 빌려 남편의 새로운 도전을 위해 한 치의 망설임도 없이 모든 것을 뒤로 한 그녀에게 진심으로 고마움을 전한다. 그런 응원과 배려가 없었다면 지금의 나는 아마도 없었을지도 모른다.

그 뒤 아무것도 없이 시작한 서울 생활을 두 아이를 낳고 악착같이 버텨 냈다. 와이프가 제과점을 시작한 이유는 앞에서 언급되었으니 생략하겠다. 그러는 사이 수국의 꽃잎이 변하듯 수희도 변화를 잘 받아들였다. 어쩌면 나보다 더 변화를 용감히 마주하는 와이프가 있어서 나도 잘할 수 있었던 것 같다. 고맙고 사랑한다.

🔆 기본적으로 사람은 부지런해야 한다

직장인들은 대부분 매일 9 to 6까지 근무하고 퇴근 후에는 동료들과 회식을 하거나 자기 발전을 위해 시간을 할애한다. 그러나 나는 조금 달랐다. 직장을 다니면서 제과점을 도왔기 때문에 하루 24시간은 턱없이 부족했고 모든 초점은 회사와 제과점 두 가지 밖에 없었다. 간단히 나의 하루 일정을 되돌아보았다.

[하루 일과]

07:00 매장(제과점) 출근 / 배달 / 아침 손님 응대하기

09:00 회사 출근 / 업무

12:00 매장 이동해서 점심 손님 응대하기 / 판매

13:00 회사로 돌아오는 택시 안에서 샌드위치로 끼니 때우기 / 회사 업무

18:00 퇴근 후 매장 이동 / 고객 응대 / 마감 정리

01:00 귀가

기본적으로 사람은 부지런해야 한다. 잘 거 다 자고 놀 거 다 놀면서 원하는 기회를 얻을 수는 없다. 그래서 난 이런 생활을 하루도 빠지지 않고 오롯이 회사와 매장에만 집중하며 거의 4-5년을 버텨 낸 거 같다. 안타깝지만 나와 와이프의 부모님들께서는 지방에 계셔서 육아에 대한 도움을 받을 수 없었다. 그래서 우리는 두 아이를 돌보면서 마감 업무를 병행하느라 동료나 친구들이 저녁에 술 한잔 하자 해도 거절하기 일쑤였고, 그러다 보니 친구들은 내가 늘 바쁘게만 살고 모임에는 관심이 없다

고 생각을 했는지 나중에는 아예 연락도 없었다. 그땐 마냥 친구들이 서운했다. 가족들과 1박 여행 가는 것은 엄두도 낼 수 없었다.

한번은 이런 일상들을 벗어나고 싶어 큰 마음 먹고 친구 가족과 강원도에 있는 리조트 1박을 도전했었는데 그날도 역시 서울로 돌아와 마감을 하고 다시 돌아간 적도 있었다. 그 먼 길을 한밤 중에 다녀온 나를 보고 친구는 미쳤다고 했지만 난 그렇게 하지 않으면 마음이 편치 않았고, 불안감이 밀려와 매장이 제대로 돌아가지 않는다고 생각했다. 그렇게 1년⋯ 2년⋯ 악착같이 버텨 내면서 제과점을 3개까지 늘려 사업을 확장하고 있었다.

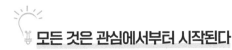

모든 것은 관심에서부터 시작된다

나는 식당에 가면 버릇처럼 하는 행동이 있다. 바로 그 매장의 매출을 예상해 보는 것이다. 여긴 한달 매출이 어느 정도일까? 진짜 수익은 얼마나 나올까? 궁금하기도 하고 매장 운영에 대해 유독 관심이 많았다. 평소에도 내가 해 보면 어떨지 시뮬레이션을 자주 해 본다. 나름 적중률 높은 계산법이라 생각하는데 내가 매출을 예상하는 방법은 2가지가 있다. 첫째, 키오스크가 있다면, 영수증에 일련번호와 한 사람이 구매하는 객단가의 곱셈으로 예상할 수도 있고, 두 번째는 우리 테이블에서 주문한 테이블 금액을 보고 동시간대 점유되어 있는 비율을 하루 영업시간에 곱하여 유추해 볼 수도 있다. 이렇게 하면 자연스레 이곳이 영업이 잘되는지, 주변엔 어떤 업종이 잘 어울릴지도 가늠해 볼 수 있다. 나는 그런 반복(?) 과정이 너무 재미있었다. 일상생활 속 관심에서부터 얼마 지나지 않아 나는 제과점에 이어 네 번째 매장인 커피전문점을 추가로 오픈했다. 나의 예상은 적중했고 현재 강남에서 꾸준한 매출을 유지하며 영업 중이다.

💡 사고가 바꾼 날

  그러던 어느 날, 기억하고 싶지 않은 큰 교통사고가 일어났다. 그때 생각만 하면 아직도 심장이 덜컹 내려앉는다. 와이프가 심야에 마감을 하고 오던 중 음주 차량과 사고가 난 것이다. 이 사고로 우리 차는 심하게 찌그러져 전손(폐차) 처리가 되었는데 정말 다행으로 와이프가 큰 부상은 피했다. 나는 휴대폰 너머로 들려오는 와이프의 목소리를 듣고 감사하다고 몇 번이고 마음 속으로 외쳤던 거 같다. 그리고 그때 느꼈다. '이렇게 어렵게 고생하며 돈 버는 게 무슨 의미가 있을까? 인생무상. 의미 없다. 가족에게 잘하고 내 가족을 지키자'는 생각이 내 머릿속을 가득 채웠다. 그날 이후로 와이프와 우리 둘의 사랑은 더욱더 애틋해졌다. 그리고 몇 년간 하루도 빠짐없이 가던 마감을 일주일에 두세 번 정도 아침에 출근하는 걸로 완전히 바꾸게 되었다. 변화가 생긴 것이다. 사실 그 전까지는 강원도에서 밤에 와야 할 만큼 마감을 안 간다는 것은 불가능이라 생각했는데 놀랍게도 이렇게 바꿔 보니 매출은 그 전과 크게 달라질건 없었다. 그간 우리가 숙명처럼 지켜 온 것이 이렇게 쉽게 바뀔 수도 있다는 생각에 무엇인가 큰 깨달음을 얻은 거 같기도 했다.

Chapter 4

그래, 지금이
딱! 좋아. 시작해 봐

도전하지 않는 삶, 변화는 없다

　사람들이 새로운 일을 꺼리는 가장 큰 이유는 불확실성 때문이다. 새로운 일을 해서 성공할 수 있을지, 실패할지 모르기에 한발 더 나아가기를 두려워한다. 그리곤 미래를 알아내기 위해 앞날을 예측하고 점치는 데만 골몰한다. 그러나 아무도 미래를 예언할 수 없다. 미래의 모습을 그려 보기 위해 애쓰는 힘 대신 지금 일어나는 일들에 대해 도전하고 분석하면서 개척해 나아가야 하는 것이 현명한 방법이라 생각한다.

　많은 직장인들이 겉으로는 미래를 걱정하지만 속으로는 본업을 유지하면서 언제 올지 모르는 이직과 퇴사의 시기만 조율하고 있는 듯하다. 그러면서 '나는 돈도 없고, 그런 거 할 줄 모르는데 어떻게 하면 돼?'라며 물음표만 던지는 경우를 많이 보았다. 그때마다 난 매번 답을 알려 주지만 그들은 먼 미래의 이야기로만 듣는 것 같았다.
　내가 이직할 때, 많은 사람들과 부둥켜 울었고 그들의 위로를 받았는데 아무래도 첫 직장에 대한 애정이나 동료들과 헤어짐이 컸던 모양이었다. 그러나 막상 또 새로운 곳에 가보니 일에 대한 부담보다 오히려 지금까지 내가 해 왔던 익숙한 일들의 연속이어서 자신감이 넘쳐났다. 조금 달라진 게 있다면 올라간 월급과 조직 체계 정도였을 것. 그러니 해 보지 않고 변화에 대해 걱정만 하고 있는 것이라면 당장이라도 떨쳐 내는 편이 낫다. 해 보면 별 거 아니란 생각이 들 것이다. 무엇이든 새로운 환경을 맞이하기 위해 도전해 보자.

30대 중반에 첫 사업을 시작한 나 역시 무일푼으로 시작했고 가능한 모든 방법을 찾아보려 은행 문턱이 닳도록 움직였던 기억이 난다. 나의 시작도 두려웠고 새로운 일들이 나에게 어떤 영향을 미칠지 알 수 없어 막막했었다. 당시 주변에서는 걱정을 많이 했다. '그게 얼마나 어려운 일인데 하려고 하느냐? 다 잘 되는 게 아니라 망한 곳도 수두룩하더라'. 물론 의미 있게 잘 새겨 들어야 한다. 그러나 수차례 고민 끝에 내린 결정이었다면 하늘이 두 쪽 나도 밀어붙여야 목표에 다가갈 수 있다고 생각했다. 자금 마련을 시작하며 속으로는 '나는 포기하지 않아. 만약 내가 이 사업에서 망한다면 모든 걸 접고 지방으로 돌아가겠어'는 마음속의 준비도 되어 있었다. 누군가 사랑에 빠지면 눈꺼풀이 씌어져 아무것도 보이지 않는다고 했던가? 내 목표는 명확했고 흔들리지 않았다. 그리고 몇 년이 지난 지금, 난 이곳 대치동에 터를 잡고 두 아이 지후와 주아를 키우며 교육에 열을 올리고 있다.

인생은 끊임없는 도전의 연속이라 생각한다. 취업을 하기 위해서 열심히 공부하고 결혼을 하고 나서 좋은 가정을 꾸리기 위해 노력하고 훌륭한 직장을 가지기 위해서도 전략적으로 접근한다. 은퇴 후 내 삶은 또 다른 전략이 필요할 것이다. 때론 실패할 수도 있겠지만 두려워하지 말고 시도하길 바란다.

누군가 나에게 두 가지 상황을 두고 고민상담을 해 온 적이 있다. 그때 나는 그분에게 '일단 해 보라'고 제시했다. 그게 맞든 틀리든 일단 해 보면 그 선택이 올바른 것이었는지 아닌지 판단할 수가 있을 것이며, 만약

틀렸다고 생각이 된다면 방향을 바꾸어 갈등하든 또 다른 선택을 할 수 있을 것이다. 그렇게 하면 적어도 하지 않았고, 못 한 것에 대한 후회는 없을 것이라 생각한다. 오히려 새롭게 선택한 길에 대해 훨씬 더 깊이 집중할 수 있고 거기에서 본인이 진정 원하던 가치를 찾을 수 있을 것이라 조언해 주었다.

'한 번도 갖지 않은 것을 갖고 싶다면 한 번도 해 보지 않은 일을 해 봐야 한다.'는 메시지를 메모해 둔 적이 있다. 이 글귀를 보는 순간, 무엇인가 내 머릿속을 세게 때리는 듯해서 한동안 움직일 수 없었다. 어떤 도전을 두고 머뭇거리는 이들에게 꼭 필요한 조언이라 생각한다. 나는 이것이 도전과 변화의 다른 말이라고 생각한다. 다른 사람이 나에게 변화의 경험을 대신해 전해 줄 순 없기 때문에 변화는 나로부터 일어나고 도전하는 사람에게만 기회가 주어질 것이다. 지금 이 순간, 나이가 20대이든 50대이든 새로운 도전을 준비하고 고민하는 사람이라면, 이 말을 꼭 명심하고 이 책을 덮은 후에도 계속해서 저서에서 나온 내용들이 여러분의 일상생활에서 끊임없이 생각나고 떠오르길 바란다. 망설이지 말자. 지금이 딱 좋은 시기이다. 도전해 보자.

2023년 가족과 함께 유럽 여행 (왼쪽)지후와 (오른쪽)주아에게 파리는 새로운 도전이다

집성촌 촌놈,
강남에서
성공을 외치다

Chapter 1   MZ가 들려주는 MZ는 모르는 집성촌 이야기

Chapter 2   'S대' 입학 전 10년간의 이야기

Chapter 3   코로나로 바뀐 직무, 광고 대상을 받다

Chapter 4   집성촌 촌놈, 강남에서 성공을 외치다

• 저자 프로필

(現) 웨일즈 파트너스 CMO
(前) 데이터워즈코리아 전략기획실 컨설팅팀
(前) 차이커뮤니케이션 퍼포먼스전략기획본부
서울대학교 글로벌 스포츠 매니지먼트 석사 수료

전자우편 : david-noh@naver.com

노국영

서울에서 태어나 경북 의성이라는 집성촌에서 자랐습니다. 육상선수를 했기에 학업에 대한 기본이 부족했지만 응급실에 갈 정도로 노력했고, 명문고등학교에 입학했습니다. 하지만 원하던 대학교 입학에는 실패했습니다. 그렇게 20대 초반을 방황할 수도 있었지만 군생활이 터닝포인트가 되어 몸과 마음을 바로 할 수 있었고, 도전하길 거듭하여 원하던 'S대'에 입학했습니다. 하지만 모두가 그렇듯 얻는 것이 있으면, 잃는 것도 있습니다. 코로나로 인해서 대학원 전공과 맞는 직업을 구할 수 없게 되었고, 디지털 마케터로 재도전하여 광고 대상을 수상하였습니다. 그리고 지금, 번듯하게 'CMO'라는 타이틀을 달고 일하고 있으며 여자 친구와 12주년이 되는 내년, 결혼을 앞두고 있습니다. 모든 사람에겐 고난과 시련, 역경이 찾아옵니다. 바로 그때, 포기하지 않고 '그냥 한다.'는 마음으로 임하신다면 반드시 원하는 결과를 얻으실 수 있으실 것이라 확신합니다. 제가 풀어내는 담담한 스토리가 일상에 지치신 분들에게 조금의 위안이라도 되신다면 더할 나위 없겠습니다.

MZ가 들려주는
MZ는 모르는 집성촌 이야기

아궁이와 푸세식 화장실, 집성촌 생활의 시작

우리 아버지는 수학교육과, 어머니는 영어교육과를 나오셨다. 교생 실습에서 만나신 두 분이셨지만, 두 분 다 어떠한 이유로 선생님을 포기 하시면서 광명과 구로구 부근에서 서울살이를 시작하셨다. 나도 그러한 이유로 서울에서 태어났다. 내가 4살이 되던 무렵, 부산에서 쌀장사를 하시던 할아버지의 사업이 망했다. 그리고 할머니는 심장판막증 때문에 원래 장애가 있으셨다. 더 이상 서울에서 살기가 불가능하다고 판단하 신 부모님은 낙향을 결정했다. 그렇게 우리 식구는 조부모님 집 옆에 시 멘트로 된 단칸방을 하나 만들어서 정착했다. 방 안에는 화장실도, 싱크 대도, 수도도, 아무것도 없었다. 밥은 할머니 집 주방에서 차려서 조부모 님과 함께 먹었다. 할머니가 반신 마비로 인해 거동이 불편하셨기 때문 에 어머니가 오롯이 할머니의 수발을 들었다. 화장실은 집 바깥에 있는 푸세식 화장실을 사용했다. 소변을 보는 통이 있었고, 쭈그리고 대변을 볼 수 있는 작은 칸이 2개 있었다. 그리고 화장실 옆에는 똥바가지가 있 었다. 뜨거운 물이 안 나왔기 때문에 농사일을 하고서 돌아와 씻을 때면 찬 물을 받아서 아궁이에서 불을 때서 물을 끓였다. 그 물과 찬물을 섞 어서 미지근하게 만든 다음 씻었다. 지금의 MZ 세대는 경험하기엔 다소 무리일 법한 것들을 어린 나이에 경험했다. 하지만 인간은 적응의 동물 이라고 했던가. 나 역시 그 생활에 점차 녹아들었다.

소변통과 똥바가지

아궁이

집성촌 촌놈, 강남에서 성공을 외치다

내가 입고, 먹던 모든 것은 마늘밭에서 나왔다

　이런 생활을 하는 것과는 별개로 시골에서 먹고 살기 위해서는 농사를 해야만 했고, 내 고향은 마늘로 유명했기에 당연히 우리 집도 마늘 농사를 지었다. 마늘 농사는 내가 경험한 모든 농사 중 손에 꼽을 만큼 힘들다. 어느 농사가 힘들지 않겠냐마는 마늘 농사처럼 일손이 많이 들어가는 농사를 본 적이 없다. 마늘은 거의 모든 작업이 수작업이다. 그래서 많은 인력이 필요하고, 당연히 인건비도 많이 들어간다. 부모님은 인건비를 최소화하기 위해 본인들이 더 고생하는 것을 택하셨다. 이 때문에 마늘 수확이 끝나면 우리 어머니, 아버지는 항상 병원에 가셔야 했고 지금도 병원에 가신다. 이러한 헌신 덕분에 나는 어렵지 않게 클 수 있었다. 지금껏 살아오면서 입은 옷, 먹은 음식, 용돈 등의 대부분은 마늘 농사에서 비롯되었다. 정말 힘든 일임을 알기 때문에 내 1순위는 가족이고, 가장 원하는 일은 부모님을 위한 집을 지어 드리는 것이며, 부모님이 농사를 그만하게 하는 것이다.

마늘 수확의 현장

집성촌 마을 제사와 도련님

이렇게 힘든 삶을 살아오신 두 분이시만, 어머니는 특별하게 더 힘든 삶을 사셨다. 우리 집은 제법 규모가 큰 집안이었기 때문에 명절이 되면 거의 100명 정도가 집으로 찾아왔다. 또, 우리 마을은 집성촌이었기 때문에 거의 모든 마을 사람이 친척 관계로 묶여 있었다. 이러한 연유로 어머니는 나보다 불과 2살 위였던 동네 형에게 '도련님'이라는 호칭을 썼다. 그 집안이 우리보다 웃어른의 후손이었기 때문이다. 2살 위라고 해 봤자 그 당시 나이가 8살, 10살밖에 안 되던 형이었는데, 도련님이라는 말을 들으면 얼마나 부담스러웠을까. 그 형은 다시는 우리 집에 놀러 오지 않았다. 그리고 그 어린 아기한테 도련님이라고 하는 우리 어머니는 또 어땠을까. 모든 것이 힘드셨을 어머니.

분교 다니던 시골 소년, 육상 선수가 되다

내 이야기를 이어서 하자면 내가 처음 입학했던 초등학교는 전교생이 43명에 불과한 분교였다. 우리 반은 총 8명이었고, 남자가 넷, 여자가 넷이었다. 그리고 4학년이 되던 해 우리 학교가 최종 폐교 결정이 나면서 읍내 초등학교로 전학을 가게 되었다. 활달했던 나는 학교에서 운영하던 육상부에 들어갔고, 중, 장거리로는 경상북도에서 제법 우수한 선수가 되었다. 하지만, 부모님의 반대로 선수 생활을 그만두게 되었고, 이후부터는 '육상장기타기' 대회나 '군민체전'과 같이 학교 이름이 걸리는 대회가 있을 때 대표로 나가는 정도로 운동을 지속했다. 아쉽게 육상은 그만두게 되었지만, 몇 년 동안 1분 1초를 단축하기 위해서 혼신의 힘을 다했던 경험은 공부를 하는 데 있어서 인내와 끈기를 발휘할 수 있게 도와주었다.

폐교가 된 초등학교 건물

MY LIFE MY STORY

운동선수는 공부를 못한다는 편견을 버려라

육상을 그만두게 되면서 학업을 다시 배워야 하는 상황에 직면했다. 나는 그 당시 중학생이었지만 오선지에 영어 단어를 바르게 쓰는 연습을 하고 있었다. 내가 성적을 높일 수 있는 방법은 무조건적인 암기와 반복밖에 없었다. 그래서 시험 일주일 전부터 잠을 거의 자지 않았다. 모든 과목을 외우겠다는 마음으로 임했고, 시험을 치르는 기간에는 시험 과목만 치고 나면 종례를 했기 때문에 시험이 끝나고 친구 집에서 한 시간 정도를 잔 뒤 또 밤을 새웠다. 잠이 와서 도저히 참을 수 없을 때는 대야에 얼음물을 받아서 발을 담그고 공부를 했다. 다리 종아리가 마비가 되어서 아버지께서 나를 태워서 응급실에 달려갈 정도로 몸을 갈아 넣었다. 결국 나는 전교 4등으로 중학교를 졸업했고 지역에서 가장 유명한 명문 고등학교로 진학할 수 있었다. 우리 학교에서 그 학교로 진학한 학생은 나를 포함 총 4명뿐이었다.

공부하러 간 명문고에서 축구에 미치다

　그렇게 입학한 명문고에서 나는 공부보다 축구를 더 열심히 했다. 육상 선수 출신이었기에 누구보다 달리기와 체력에 자신이 있었던 나는 점심 시간, 저녁 시간, 주말 할 것 없이 운동장에서 축구를 했다. 선수 생활을 그만두고 공부로 전향했지만, 마음 한편에는 운동으로 성공하고 싶다는 열망이 있었다. 그리고 '박지성' 선수가 영국 프리미어리그에 진출했던 시기였기 때문에 더욱 그랬다. 축구로 한 학년을 보낸 후 2학년부터 갑자기 성적이 고꾸라지기 시작했다. 담임 선생님은 내 성적이 마치 '롤러코스터'를 타는 것 같다고 하셨다. 기본이 부족한 상태에서 우수한 학생들이 경쟁하는 명문고로 왔고, 기본기를 채우기 위해서 1학년을 통째로 투자해도 모자랄 마당에 축구에 모든 것을 쏟았으니 당연한 일이었다. 내신 점수가 바닥을 치면서 모의고사 점수까지 떨어지기 시작했다. 점점 1등급, 2등급이 없어지기 시작하면서 급기야 수학은 손도 못 대는 상황에 직면했다. 모의고사나 내신 시험을 치면 1번부터 4번까지를 풀고 나면 거의 모든 문제를 찍어야 하는 상황에 부닥쳤다.

내 고등학교 전경

처참한 수능 실패와 후회의 눈물

수리의 벽을 극복하지 못했던 나는 수리 점수가 조금은 부족해도 상위권 대학에 갈 수 있는 논술 전형을 택했다. 언어, 수리, 외국어에서 각각 1등급, 3등급, 1등급을 받으면 인서울을 할 수 있었다. 하지만 수능당일, 고등학교 생활을 통틀어 가장 낮은 점수를 받아 들었다. 모든 과목에서 2~3등급 이상씩 떨어진 것이었다. 기본기가 약했기 때문에 실전에 약할 수밖에 없었다. 성적표를 받아 든 나는 부모님과 진학할 학교 얘기를 하다 그만 펑펑 울고 말았다. 내가 했던 무책임한 행동에 대한 후회였고, 내 행동에 책임을 져야 함을 깨달았기 때문이었다. 그런 나를 보고 부모님은 "왜 우냐"라고 다그치셨다. "너무 후회가 된다."라고, "내가 처한 현실을 이제야 알게 되었다."라고 답한 나는 대성통곡을 했다. 갈 수 있는 학교가 많이 없었다. 마침 여동생은 S대는 간당간당한데, K대 혹은 Y대를 갈 수 있는 성적을 유지하고 있었다. 나는 동생을 위한다는 핑계로 하향지원하여 지방에 있는 한 국립대를 선택했다.

Chapter 2

'S대' 입학 전
10년간의 이야기

ROTC는 대학교 졸업하면 전역인 줄 알고 버렸는데?

　대학교 입학 후 당시 사귀었던 여자친구를 더 보고 싶은 마음에 나는 ROTC에 지원했다. 학군단에 들어가기 위해서는 필기, 실기, 면접시험을 치러야 하는데, 나는 운동선수였기 때문에 체력에는 자신이 있었다. 최종적으로 ROTC에 합격했고, 이 선택이 내 인생에 터닝포인트가 될 줄은 그때는 상상도 하지 못했다. 학군단 생활은 그리 호락호락하지 않았다. 내가 후보생을 했던 시기에는 학군단에도 '군기'라는 것이 존재했다. 그리고 우리 학교는 그 부분에 있어 꽤나 명망(?)이 있던 학교였다. 그 당시 우리의 별명은 유령이었다. 흰색 단복 와이셔츠를 다림질한 것을 선배님들께 검사 받기 위해 와이셔츠를 옷걸이에 걸고서 새벽마다 캄캄한 골목을 뛰어다니는 모습이 꼭 유령 같다고 해서 붙여진 별명이었다. 이외에도 여러 우여곡절을 겪은 후 첫 동계 훈련을 받으러 간 성남종합군사학교에서 나는 같이 모인 수많은 동기들을 통해 청천벽력 같은 소식을 듣게 되었다. ROTC도 군대를 가야 한다는 것이었다. 그것도 2년 6개월이나. 이제껏 방학 때 훈련만 가면 전역을 하는 줄 알고 있었던 나는 눈앞이 깜깜해지는 것을 경험했다.

인제 가면 언제 오나, 원통해서 못살겠네

학군단 졸업 전, 나는 친구의 집에서 거주하면서 공장에서 일을 했다. 임관 전 돈을 벌어서 부모님께 무언가 해 드리고 싶어서였다. 그렇게 용돈 벌이 생활을 하던 중 부대 발표가 있는 날이 다가왔다. "노국영 후보생은 3 군수지원사령부 소속입니다." 나는 바로 인터넷에 3 군수지원사령부가 어디 있는지 검색했고, 부대의 위치가 인천 부평구에 있다는 것을 알게 되었다. 인천 부평이라니, 앞으로 펼쳐질 장밋빛 미래를 생각하니 저절로 웃음이 났다. 그때, 다시 한 번 문자가 왔다. "가 군번 오류로 부대 배치 결과가 다시 한 번 있을 예정입니다. 착오를 드려 죄송합니다." 알고 보니 부대를 추첨하는 시스템에 학군단을 그만둔 후보생 8명이 포함되어 있었고, 이로 인해 다시 한 번 추첨을 돌리게 된 것이었다. 그리고 다시 한번 날아든 문자. "노국영 후보생님은 12사단 소속입니다." 뭔가 불길했다. 그리고 불길한 예감은 항상 적중한다. 12사단을 검색하자마자 나온 첫 키워드는 이것이었다. '산악전 전문부대'. 강원도 인제, 원통에 위치한 최전방 사단이었다.

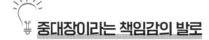

중대장이라는 책임감의 발로

  그렇게 군생활을 시작한 나는 부대 전입 후 바로 GOP로 투입되었다. 다행스러운 점은 다른 동기들이 척박한 환경에 적응하지 못하고 있었던 반면 나는 집성촌과 유사한 환경이라 그리 어색하지 않았다는 점이었다. 그랬기에 빠르게 능력을 인정받을 수 있었고, 장기 복무 코스 중 하나인 본부중대장을 역임하게 되었다. 60명에 달하는 인원을 관리하면서 세상에는 정말 다양한 사람들이 있고, 이들을 통솔하기 위해서는 하나의 목표를 모두가 공유할 수 있도록 만드는 것이 중요하다는 점을 깨달았다. 그리고 아는 사람들은 알지만 본부중대는 마음이 아픈 친구들이 많은 중대이다. 그래서 항상 그들의 입장에서 생각하는 태도 역시 필요했다. 이 부분은 지금 대행사를 운영하면서 고객사의 입장에 필요한 것이 무엇인지 생각하고, 매출 증대라는 공동의 목표를 달성하기 위해 팀을 규합하고, 리딩하는 데 큰 도움이 되고 있다.

족발 체인점 입사와 평생교육원

중대장으로 근무를 하다 GOP에서 사회로 나갈 준비를 하지 못한 채 전역을 해 버린 나는 친구의 추천으로 수원에 있던 공기업에서 청년 인턴을 하던 중 '3P 바인더'라는 자기 관리 도구를 만났고, 이를 만든 대표님과 면담을 하게 되었다. 면담 간에 대표님께서는 "일단 뭐든 시작해라. 경험이 가장 중요하다. 직접 경험이 첫 번째고, 독서와 같은 간접 경험이 두 번째"라고 말씀하셨다. 나는 그 길로 여동생이 있던 서울로 이사를 갔다. 대표님과의 면담 후에 무엇이든 해서 돈을 벌어야겠다고 생각했기 때문이었다. 이모부가 일하던 족발 체인점 본사의 직영점에서 매장 관리로 일을 시작했다. 하지만, 오전 9시부터 밤 12시까지 이어지는 높은 업무 강도와 주말 근무, 고객들의 클레임은 나의 자존감을 바닥까지 떨어뜨렸다 이 당시 나는 자기 계발에 빠져 있었는데, 수많은 검사와 나를 돌아보는 과정을 통해서 내가 좋아하고 잘하는 스포츠를 팔면 즐겁지 않겠냐는 결론에 도달했고, 27살의 나이에 평생교육원에 입학했다.

왕복 4시간의 지하철 출퇴근과 반지하 생활

평생교육원 스포츠마케팅학과로 입학했지만, 내 나이는 이미 27살을 넘어가고 있었다. 그렇기 때문에 부모님에게 손을 벌리는 것에 한계가 있었고, 나는 뇌과학 기반의 영어 학습법 회사에서 파트타임 강사 생활을 시작했다. 당시 나는 신림동 반지하에서 살고 있었는데, 학교는 강서구, 회사 본사는 문정동, 학원은 의정부였다. 거기에 축구 선수 출신 학생을 가르쳤는데, 그 학생은 안양에 거주하고 있었다. 우리 집을 중간에 두고 4시간을 동서남북으로 왔다 갔다 해야 하는 상황이었다. 그리고선 마치고 돌아와서 몸을 뉘는 곳은 신림동 반지하. 능력 있는 아들이 되고 싶다는 목표와 그렇지 못한 현실이 부딪히며 결국 공황 장애 진단을 받았다.

💡 우여곡절 끝에 처음으로 이룬 꿈 'S대'

　며칠 후 고향인 집성촌으로 낙향했다. 많은 상경한 젊은이들이 서울 생활을 못 이기고 지방으로 다시 내려가듯이. 하지만 이미 평생교육원에서 만난 학과장님과 함께 S대를 가 보자며 열의를 다지고 있었고, 집에도 대학원에 가겠다고 목표를 말해 둔 상태였다. 그래서 바로 다음 날부터 도시락을 싸 들고 도서관으로 출근하기 시작했다. 도서관에 도착해서 오전 9시부터 도서관이 문을 닫는 저녁 9시까지 공부를 했고, 집에 돌아와 다시 저녁 12시까지 그날 공부했던 부분을 복습했다. 그리고 진심으로 '이미 합격했다.'는 마인드 셋을 하기 시작했다. 너무나 쪽팔렸기 때문이었다. 28살이 다 되어 가는 마당에 아파서 집에 온 것도 부끄러웠고, 그런 나를 챙겨 주고, 보살펴 주고 있는 부모님에게 가장 부끄러웠다. 그때 이런 것이 '배수의 진'이구나라는 생각을 했다. 합격자 발표 당일, 부모님과 함께 추수한 쌀가마니를 옮기는 일을 마치고 집에 돌아온 후 계속 결과가 어떻게 되었냐며 하루 종일 물어보셨던 아버지에게 S대 합격증을 뽑아서 세리머니를 하듯 던졌다. "아, 합격했다고요." 그렇게 나는 공황 장애를 극복하고 S대에 입학했다.

Chapter 3

코로나로 바뀐 직무,
광고 대상을 받다

‘S대’라는 허울을 벗어 내다

'S대'에 진학한 후 내 어깨는 마치 에베레스트처럼 솟아올랐다. 그러던 어느 날 연구실 선배와 선배의 여자 친구를 만났다. 허심탄회하게 이야기하던 도중 여자 친구분이 이런 말을 했다. "S대라고 떠벌리고 다니고, 뭐 한다고 떠벌리고 다니는 것들은 그게 없으면 자신이 아니게 되기 때문에 그러는 거야. 그거 엄청 비참한 거야." 누가 뒤에서 내 머리를 망치로 세게 한 대 때리는 것 같았다. 내가 S대를 선택한 이유는 커리어를 전환하고, 한 번 더 성장하기 위해서라고 자위했었다. 근데, 돌이켜 보니 뭔가 큰 뜻이 있다기보다는 학벌, 주변의 기대, 보여 주기식 목표 등이 이곳까지 이끈 것 같았다. 이걸 위해서 몸과 마음을 버려 온 것인지 시쳇말로 '현타'가 세게 왔다. 자리를 파한 후 집으로 와선 노트북에서 S대 마크를 모두 제거했다. 그리고 S대가 들어간 물품을 모두 폐기 처분했다. 이후 나는 진정으로 한 대학원의 연구원이 되었고, 논문연구와 프로젝트에 집중할 수 있게 되었다.

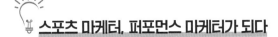

스포츠 마케터, 퍼포먼스 마케터가 되다

시간이 지나 석사 과정을 수료하기 전 원래라면 스포츠 마케팅 업계로 진출하기로 되어 있었다. 하지만, 코로나가 터졌다. 스포츠 산업은 오프라인 중심이었기에 많은 기업이 문을 닫거나 채용을 줄일 수밖에 없었고, 그렇게 갈 곳을 잃었다. 하지만, 오히려 기회이기도 했다. 코로나로 인해서 온라인 시장이 크게 부각되었기 때문이었다. 대학원에 도전했던 마음가짐으로 다시 도전을 선택한 나는 국비 지원 디지털 마케팅 부트캠프에 들어갔다. 공부와 과제를 하다 늦으면 집을 놔두고 학원 옆 모텔에서 잠을 잤다. 그만큼 시간도 없고 절박했다. 더 늦으면 돌이킬 수가 없었기 때문이었다. 디지털의 '디' 자도 모르는 나였지만, 목표는 디지털 광고 업계 1위 대행사 취직이었다. 그 당시 본격적으로 끌어당김의 법칙을 믿기 시작한 나는 코르크 보드를 구입해서 원하는 삶의 모습과 원하는 것들을 사진으로 찾아 출력 후 걸어 두고, 매일 상상했다. 그리고 실제로 업계 최상위 대행사에 30살이라는 나이로 당당히 입사했다.

💡 1년 6개월 만의 대리 진급과 광고 대상

　늦게 직장 생활을 시작한 만큼 가장 중요한 것은 직장에서의 빠른 인정이었다. 당시 내 목표는 최우수 직원, 최연소 진급, 광고 대상, 클라이언트 KPI 초과 달성, 1년 내 2회 이상 대형 광고주 담당 등이었다. 늦었다고 생각했기에 열과 성을 다해서 일했고, 병원에 입원해서도 일을 했다. '워라밸'이라는 단어는 당시에는 사치라고 여겼다. 아니, 지금도 마음속에 없다. 아파서 입원하면 카카오톡으로 고객사가 삼계죽이나 전복죽을 사 주셨다. 심지어는 외할아버지의 장례식장에서도 일을 했다. 대직을 해 줄 수 있는 사람이 없다고 여겼기 때문이었다. 여자친구와 제주도로 처음 여행을 가서도 오전에 호텔 컴퓨터에서 다음 달의 캠페인 플랜을 짜고 있었다. 그렇게 차츰 성과를 내기 시작했고, 연말에 퍼포먼스 부문에서 광고 대상을 거머쥐면서 광고주에게 감사패를 받을 수 있었고, 1년 6개월 만에 대리로 진급할 수 있었다.

고객사가 보내 주신 감사패

고객사 보험이 중요한 게 아니라 내가 보험을 들어야 할 판

실력을 인정받은 나는 보험 업종의 고객사를 담당하게 되었다. 하지만 이커머스에서 보험으로 산업군이 완전히 바뀌면서 내 커리어는 더 이상 큰 도움이 되지 못하게 되었다. 중간에 투입되었기에 히스토리 파악도 부족했고, 내가 해 오던 방식을 적용하지도 못했다. 팀원들에게는 눈엣가시, 그야말로 낙동강 오리알 신세가 된 것이었다. 스트레스로 잠을 자지 못했고, 10분에 한 번씩 깨는 생활을 했다. 이를 해결하고자 철학 서적을 읽기 시작했고, 통제할 수 없는 것을 통제하려고 하지 않기로 마음먹었다. 그리고 매일 오전 7시에 회사에 출근했다. 경비 선생님과 함께 출근했고, 주말에 함께 점심을 먹는 사이가 되었다. 업무도 광고 세팅과 집행이라는 단순 반복적인 업무를 하는 것이 아니라 개발, 기획, 제작 커뮤니케이션 등 나만 할 수 있는 영역들을 만들어 나갔다. 자칫 잘못하면 보험을 팔다 내가 보험을 들 뻔한 것이었다.

"본인이 했던 일을 설명할 때 가장 즐거워하시네요"

　이런 생활을 지속하며 버티고 버티길 6개월, 안정감을 찾은 나는 다시 한번 내가 좋아하고, 잘하는 것이 무엇인지 생각하기 시작했다. 국내만 바라볼 것이 아니라 글로벌로도 진출해 보는 것이 좋다는 결론에 다다랐다. 헤드헌터에게 명함을 돌렸고, 한 기업의 채용 건에 지원하기 위해 사전 인터뷰를 진행하게 되었다. 헤드헌터님이 이런 이야기를 했다. "본인이 했던 일을 설명할 때 가장 즐거워하시네요. 그리고 대행사라는 어려운 직종에서 보통 3년을 채우지 못하고, 도피성으로 이직하는 경우가 많은데, 진심으로 3년을 채워 주셔서 감사합니다." 그렇게 나는 연봉을 1,000만 원 이상 높여서 원하던 회사로 이직했다. 평생교육원을 거쳐 S대에 들어갔고, 스포츠 마케터를 희망했다가 코로나로 갈 곳을 잃고, 다시 도전해 디지털 마케터가 된 후 3년, 도전과 역경, 극복을 반복하면서 드디어 마케팅 애널리스트로 첫 이직에 성공했다.

직장 생활은 어느 곳이나 똑같다

　부푼 마음으로 입사한 지 3개월, 나는 직장 생활은 언제 어디서든 다르지 않음을 깨닫게 되었다. 마케팅 애널리스트라는 새로운 직무에 적응해야 했고, 새로운 사람과의 관계도 잘 쌓아야 했다. 하지만 이전 회사와 이직 후 회사에서의 내 행동은 조금은 차이가 있었다. 나를 대하는 태도가 좋지 않더라도 이미 한 번 경험했기에 '통제하지 못하는 것은 통제하지 않는다.'라는 마인드로 넘겼고, 업무상 부딪힐 때면 내 판단과 행동의 이유를 정확하게 설명하고, 업무 진행 방식과 프로세스에 대해서 파악하기 위해 노력했다. 결국 직장 생활의 키 포인트는 '사람'이고, '커뮤니케이션'이 모든 것이었다. 이는 회사를 이끌어 나가는 지금도 동일하다. 고객사의 생각을 읽고, 그들이 원하는 것이 무엇인지 파악하는 능력, 그리고 퍼포먼스를 극대화하기 위해서 긴밀하게 소통하는 능력, 그것이 업무 스킬의 전부일 수 있음을 안다.

Chapter 4

집성촌 촌놈,
강남에서 성공을 외치다

이직 직장에서의 적응과 김포로의 이사

　이직 후 새로운 직무와 사람 관계에 적응하던 중 친한 동생이 역세권 청년주택이라는 제도에 대해서 알려 주었다. 부동산에 대해 문외한이었던 나는 서울 상경 후 그때까지 원룸에서 거주하고 있었기 때문에 결혼 준비는 언감생심 꿈도 못 꾸고 있었다. 정보를 접한 나는 모든 청년주택 홈페이지를 즐겨찾기 해 두고 매일 오전, 오후에 세대 접수가 있는지를 체크하기 시작했다. 직장 적응도 중요했지만, 거주의 안정감도 중요했기에, 나아가 결혼을 위해서도 집이 필요했다. 한 달쯤 지났으려나, 한두 군데에서 연락이 오기 시작했다. 하지만, 청년주택이라는 취지와 조금은 다르게 월 임대료가 주택 평수에 비해서 매우 비싼 듯해 쉽게 결정을 내리지 못하고 있었다. 그러던 차에 갑작스럽게도 김포에 위치한 브랜드 아파트에 덜컥 당첨되었다. 평소 김포 골드라인 지하철의 악명을 들었던 터라 포기를 할까 하다가 지도 검색을 해 보니 직장으로 바로 오가는 버스가 있다는 것을 알게 되었다. 그때부터였다. 직장에서 적응하랴, 사무실 리모델링으로 원격 근무하랴, 부동산 다니랴 정신없는 수 개월을 보낸 것이. 불안정한 생활 속에서 힘이 되었던 것은 가족과 여자 친구였다. 그리고 마침내 앞으로 나와 여자 친구가 앞으로 함께 지낼 수 있는 집이 생겼다.

현재 거주하고 있는 아파트 전경

직장인이라는 우물 안 개구리, 새로운 세상이 있음을 알게 되다

　김포에서 마포를 오가는 생활은 생각보다 쉽지는 않았다. 한 시간이 걸리던 출퇴근 시간은 어느 순간 점점 늘어나기 시작하더니 2시간 가까이 걸리기 시작했다. 나는 버스 안에서 새로이 시작한 블로그 운영을 위한 글쓰기 작업도 하고, 책도 보고, 부족한 잠도 자면서 그렇게 바뀐 생활 패턴을 몸에 익혀 가고 있었다. 그러던 어느 날 부대에 같이 전입하여 GOP에서 동고동락하면서 전역 이후에도 친하게 지내고 있었던 친구에게 연락이 왔다. 본인이 비즈니스 모임 하나에서 활동을 하고 있는데, 와 보지 않겠냐는 것이었다. 내가 평소에 성과를 내고, 성장을 추구한다는 것을 알고 제안을 해 준 것이었다. 그렇게 참석한 모임에서 나는 내가 얼마나 우물 안 개구리였는지를 깨달았다. 그 자리에는 다양한 산업군에서 활동하고 있는 대표, 직장인, 프리랜서들이 존재했다. 사무 업무만 하던 나에게는 큰 충격이었다. 그전까지 대한민국에 존재하는 경제활동인구는 대부분이 직장인이라고 생각했기에 그 충격은 더했다. 그들과 교류하면서 다양한 생각과 정보, 의견, 가치관 등을 접하게 되었고 정말 다양한 사람들이 나와 함께 살아가고 있음을 확인할 수 있었다.

마케팅 회사의 CMO 자리를 제안받다

그렇게 모임에서 활동을 지속하던 차에 모임을 이끌어 가고 계시는 대표님 2분과 친분이 생겼다. 그리고 잠깐 미팅의 자리를 갖게 되었는데, 대뜸 최종적으로 이루고 싶은 꿈이나 평소 성과를 내는 부분에 대해서 어떻게 생각하냐고 질문을 하셨다. 나는 뜬금없게도 베스트셀러 작가와 강사가 되고 싶고, 이를 위해서 내 분야에서 두각을 내는 사람이 되고 싶다고 말했다. 그리고 김포에 돌아와 러닝을 하던 중 친구에게서 전화가 왔다. 미팅 한 번을 더 하지 않겠냐는 것이었다. 골자는 이러했다. 대표님 한 분이 마케팅 회사를 운영하고 있었는데, 신규 사업 때문에 더 이상 회사를 운영하기가 어려운 상황이라 그 자리를 맡아 줄 사람이 필요하다는 것이었다. 그리고 같이 성장할 사람을 찾고 있었는데, 내가 나타난 것이었다. 그렇게 한 번 더 갖게 된 미팅에서 CMO 자리를 제안받게 되었다. 회사가 작고 크고를 떠나서 실무만을 했던 나에게 C레벨이라는 자리는 너무나 큰 자리였기에 큰 결심이 필요했다. 고민의 시간이 필요하다고 말하고 김포에 돌아와 며칠 동안 많은 생각을 했다. 내가 그 자리에 걸맞는지, 내가 사업을 할 수 있는지, 내 능력이 되는지 등. 내가 내린 결론은 다음과 같았다. '어차피 대행사는 돌아갈 수 있다. 그럴 만한 능력은 갖추었다. 그러면 기회가 왔을 때 도전해 보는 것이 좋지 않을까? 후회하더라도 도전해 보고 하는 것이 낫지, 안 해 보고 후회하는 것이 더 미련이 남지 않을까?' 그렇게 나는 CMO 자리를 수락했다.

'웨일즈 파트너스'와 우리의 사업

우리 회사의 법인명은 '웨일즈 파트너스'다. '웨일즈'는 가상화폐 업계에서 큰 손, 거물을 뜻하는데, 우리 회사도 큰 비전을 가지고서 폭발적인 성장을 거듭하는 회사로 도약하겠다는 포부를 담았다. '파트너스'는 그야말로 고객사의 파트너들이라는 뜻이다. 고객사가 큰 성장을 하실 수 있도록 돕는 회사가 되겠다는 뜻이다. 주로 매출을 올리기 위한 퍼포먼스 마케팅 활동을 펼치고 있다. 네이버, 구글, 카카오, 유튜브, 인스타그램 등 다양한 온라인 매체를 활용하여 광고 캠페인을 운영하고, 효과를 분석하여 고객사의 주요 타깃이 누구인지, 매출 상승에 효율이 좋은 매체는 무엇인지, 어떤 소재가 반응이 좋은지 등 다양한 데이터를 분석하여 제품과 서비스가 더 잘 알려지고, 판매될 수 있도록 하고 있다. 이외에도 '파운즈'라는 후디 브랜드를 소유하고 있고, 현재 인플루언서와의 협업을 통해서 오프라인 세일즈와 온라인 홍보를 진행하고 있다. 나아가 우리 회사의 사무실은 '웨일즈 하우스'라는 이름으로 스튜디오 대관 사업까지 진행하고 있다. 뜻이 맞는 친구분들이 모여 문정동 4평짜리 사무실에서 몇 년 만에 이룬 성과이기에 더 대단하다는 생각이 든다.

'웨일즈 하우스' 내부 인테리어

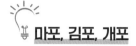

마포, 김포, 개포

마포에서 직장 생활을 하면서 신대방 삼거리에서 전세를 살던 나는 김포로 이사해 김포에서 마포로 버스를 이용해 출퇴근했다. 그리고 현재는 김포에서 차량을 이용하여 개포로 출퇴근하고 있다. 아무래도 나는 '포'와 무슨 연이 있나 보다. 오히려 좋다고 생각한다. 사주에 물이 없다고 물이 있는 곳에 살아야 한다고 하던데, '포'라는 말은 배를 대던 선착장이었음을 뜻하는 말이기 때문이다. 하지만, 이와는 별개로 출퇴근이 쉽지는 않다. 마포에서 김포는 버스로 한 시간에서 한 시간 반이 소요되었다면, 현재는 차량으로 이동해도 출퇴근 시간이 왕복 4시간가량이 소요된다. 올림픽대로를 거쳐 고속버스터미널과 양재를 거치기 때문이다. 그래서 시간을 아끼기 위해 출근은 새벽에 하고, 퇴근은 자정에 하는 생활을 반복하고 있다. 보통 오전과 오후에는 영업과 미팅의 반복이다. 저녁 무렵 사무실에 복귀해서는 제안서 작성과 실무, 향후 진행할 사업에 대한 전략 기획 등을 진행하고 있다. 그리고 이렇게 글도 쓰고, 블로그도 운영하고 있다. 내가 선택한 길이기에, 앞으로 짊어질 무게가 더욱 무겁기에 때론 두렵고 무서워도 나아가고 있다. 그리고 주변에 좋은 동료와 친구, 선배, 그리고 가족이 존재하기에 힘이 난다. 나도 그들에게 선한 영향력을 끼치기 위해서라도 더 큰 사람이 되어야 한다.

💡 12주년, 저 드디어 결혼합니다

　군대 임관 후 만난 여자 친구와 벌써 11년이라는 세월을 함께하고 있다. 10년이면 강산도 변한다는데, 우리 둘 사랑하는 마음이 변하지 않은 것은 정말 축복할 일이라고 생각한다. 더군다나 우리는 이 긴 기간을 장거리 커플로 지내고 있다. 강원도 인제에서 군생활을 한 나를 위해 대구에서 7시간 이상을 버스로 왔다 갔다 하며 응원해 주었고, 전역 이후에는 서울과 대구를 왕복하며 만남을 이어 왔다. 더군다나 30살이 되도록 자리를 잡지 못한 채 전전하고 있는 나를 묵묵히 기다려 주었다. 얼마 전 웨딩 촬영을 위해서 웨딩 반지를 낄 기회가 있었는데, 중압감과 무게감이 느껴졌다. 더 잘하고 싶고, 더 성공하고 싶고, 여자 친구가 그동안 고생한 것들을 모두 잊게 만들어 주어야겠다고 생각했다. 가장으로서, 동반자로서, 친구로서 나와 평생을 함께할 내 여자를 위해서 집성촌 촌놈 '노국영'은 서울 한복판 강남에서 오늘도 치열하게 살아가고 있다.

평생 내 손가락에 끼워져 있을 결혼반지

오늘도 묵묵히 살아가고 있는 사람들에게

대한민국에 있는 모든 이들이 본인의 자리에서 최선을 다해 살아가고 있음을 안다. 우리나라만큼 일과 유흥 모두에 있어 열정적인 나라는 없다고 한다. 하지만 이러한 치열한 삶 속에서 꿈과 목표를 잃어버리고 만 사람들 또한 많을 것이다. 그렇기에 '자기 계발' 분야가 최근에 뜨거운 감자인 것이 아닐까? 위로받고 싶고, 다시 한 번 열정을 불태우고 싶은 사람들이 많다는 것이니까. 나는 오늘도 열심히 살아가고 있는 모든 사람에게 '꿈을 좇아라.', '도전하라.', '좋아하는 일을 해라.'라는 말을 하고 싶지 않다. 그저 힘들고 지칠 때 내 이야기가 조금의 위안이 되길 소망할 뿐이다. 오늘도 묵묵히 살아가고 있는 모든 분을 진심으로 응원한다.

MY LIFE
MY STORY

연결하라

Chapter 1 촌놈, 대학 가서 ROTCian으로 거듭나다
Chapter 2 통신은 나의 운명
Chapter 3 연결하라
Chapter 4 Givers Gain

• 저자 프로필

백종우

(現) 주식회사 디딤돌스토리 대표
(現) BNI 고양시 앰버서더 / BNI 5골드 멤버
(前) KT 차장(17년 근무)
(前) ROTC 36기 총동기회장
(前) 이화여대 평생교육원 최고명강사과정 수료

전자우편 : hyun4082@naver.com

"우물을 파도 한 우물만 파라"라는 속담이 있다. 한가지 일을 계속 하다보면 이력이 쌓여서 숙련된 전문가가 될 수 있다는 뜻이다. 하지만, 이제는 한 우물만 열심히 파면 빠져 죽는 시대가 되었다. 리더가 넓은 시야를 갖지 못하면 조직 전체를 위험에 빠트릴 수도 있다는 의미이다. 이제는 한 분야에만 정통한 '1자형 인재'보다는 영역을 넘나들 수 있는 'T자형 리더'가 필요한 이유이다.

특히 경쟁이 치열한 비즈니스 현장에서는 혼자가 아닌 협업을 통해 사업이 성장하는 경우가 훨씬 많다. 단순히 많은 사람을 아는 것이 중요한게 아니라 내가 찾는 고객을 정확히 소개해줄 수 있는 파트너를 만드는 과정, 더 나아가 고객을 공유하며 함께 협업할 수 있는 팀을 구축하는 것이 사업을 성장시키는 가장 확실한 방법일 것이다.

25년간 KT그룹에서 국회, 방통위 등의 규제기관 대응 업무를 하고, 세일즈 현장에서 시행착오를 겪으면서 쌓아온 노하우를 아낌없이 전하고자 한다. 대한민국에 "연결"의 DNA를 가진 "T자형인재"가 더욱 많아지길 기대한다.

촌놈, 대학 가서
ROTCian으로 거듭나다

💡 똘끼 충만한 어린 시절

　내가 태어나서 자란 전남 장흥의 고향마을은 아직도 버스가 하루에 2번밖에 안 다니는 정말 시골 중의 시골이다. 졸업한 초등학교는 폐교가 된 지 오래고 내가 다닐 때만 해도 한 학년 재학생이 1백 명이 넘었던 중학교도 이제는 전교생이 10명 남짓이라고 하니 더 설명할 필요도 없을 것 같다. 이런 곳에서 태어난 촌놈이 광화문 KT 본사에서 근무한다고 아내한테 놀림을 받기도 했지만 나는 정말 즐겁기만 했다.

　지금도 다른 사람들 앞에 나서는 걸 좋아하지만, 생각해 보면 초등학교 시절부터 그런 끼는 많았던 것 같다. 과학 주제 발표, 모형 비행기 만들기, 영어 말하기, 웅변 등등 대회만 있으면 나가고 싶다고 담임 선생님을 졸라 댔으니 말이다. 초등학교 3학년 시절 밤늦게까지 대회를 준비하다가 힘드냐고 묻는 선생님의 질문에 참았던 눈물이 쏟아져 한참 동안 훌쩍대었던 기억이 아직도 선하다.

초등학교 학예회 발표 당시

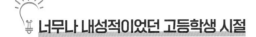

너무나 내성적이었던 고등학생 시절

조금이라도 넓은 곳에서 공부시키고 싶은 부모님의 욕심 덕분에 나는 중학교를 졸업하고 당연한 듯 광주광역시에 있는 고등학교에 진학했다. 할머니, 누나와의 자취생활은 좋았지만, 도시 출신 아이들과 쉽게 어울리지 못했던 나는 고등학교 시절 내내 말수도 별로 없고 조용히 지내는 평범한 아이였다.

R.O.T.C. 36기 동기들 3800여 명을 아우르는 총동기회를 처음부터 조직해서 회장을 하던 시기에, 고등학교 행사에서 만난 R.O.T.C. 동기는 너무나 내성적이었던 내가 총동기회장을 맡고 있다는 사실에 정말 놀라는 눈치였다.

대학 생활을 채운 키워드, 학생운동 & R.O.T.C.

　지금도 한 가지 일에 꽂히면 다른 것들은 내팽개쳐 두고 집중하는 나에게 학생운동은 사명 같은 느낌이었다. 내가 잘 알지 못했던 근현대사를 알게 되면서 안타까운 마음을 행동에 옮겼고, 좋아하는 친구와 선배들이 고생하는 모습을 보며 외면할 수도 없었다. 결국 1학년 내내 강의실보다는 학생회 사무실과 길거리에서 보낸 시간이 더 많았고, 노심초사 큰손자가 잘 되기만을 바라시는 할머니를 꽤나 걱정시켰던 것으로 기억한다.

　그렇게 보낸 시간도 잠시, 아버지의 간곡한 권유로 2학년 때 학군단에 지원서를 냈고, 후보생 선발에 불이익이 있다는 엄포에 거리로 나가는 횟수가 많이 줄어들었다. 이후, 3~4학년 때는 장교후보생이라는 신

학군단 2년차 후보생 시절

분에 학군단 내에서 직책까지 맡아 너무나 분주한 생활을 하게 되었다.

　돌아보면 대학생활 내내 전공 과목 공부도 충실히 안 하고, 흔한 동아리 활동에도 제대로 참여해 보지 못했지만, 학생운동과 R.O.T.C. 후보생 과정을 거치며 사회생활에 정말로 필요한 친화력과 자신감을 얻었다. 그런 과정이 있었기에 군생활도 잘 마치고 17년의 직장생활과 이후 8년여간의 사업도 하고 있다는 생각을 다시금 해 본다.

Chapter 2

통신은 나의 운명

우리 삶에서 가장 중요한 1가지는?

지금 다시 떠올려 봐도 여러가지 생각을 하게 만드는 이 질문은 내가 전역을 앞두고 취업 준비를 하면서 2곳의 회사에서 연속해서 받은 면접 과정의 프레젠테이션 주제였다. 첫 번째 회사에 지원했다가 보기 좋게 떨어지고 난 후, 간절한 마음으로 갔던 두 번째 회사의 면접에서 똑같은 주제를 받아 들고 얼마나 기뻤는지 모른다.

덕분에 다른 지원자들이 발표 내용을 작성하는 동안, 나는 며칠 전의 기억을 떠올리며 짧은 시간 안에 기승전결로 재구성을 하고 내용을 외울 수 있었다. 내용 작성에 몰두하다가 빈손으로 발표를 해야 했던 다른 지원자들에 비해, 훨씬 짜임새 있는 내용과 자신 있는 태도에 나는 합격점을 받았고, 마침내 취업이라는 문턱을 넘을 수 있었다.

사실, 취업하고자 하는 회사의 비전과 현황은 물론이고, 까다로운 면접 과정까지 통과해야 하는 지금의 신입사원 선발 과정에 비하면, 나는 운 좋게 합격한 것일지도 모르겠다. 하지만, 서로 간의 소통과 인연을 소중하게 생각하는 내가 통신 업계에 발을 들여 놓은 건 정말 운명이라고 생각한다.

소용돌이 속에서 시작한 신입사원 생활

    내가 입사 지원을 한 회사는 당시 이동통신업계에서 가장 시장 점유율이 낮았던 한솔엠닷컴(Hansol M.COM)이었다. 제지업계 부동의 1위였던 한솔그룹에서 의욕적으로 설립한 이동통신 자회사였지만, 통신업계 선발 주자와 대기업 자회사에 밀려서 꼴찌를 면하지 못하고 있는 상황이었다.

    사실, 그런 상황도 충분히 모르고 지원을 했던 나에게 입사 연수 후에 벌어진 상황은 파란만장 그 자체였다. 전역 후 1달 남짓한 기간 동안 회사는 한국통신엠닷컴으로 바뀌어 있었고, 마케팅 직군에서 영업을 하겠다고 지원했던 나는 인사장교라는 군대 생활 경험 덕분에 본사 인사팀으로 발령이 났다. 광주에서 근무하기로 되어 있던 근무지까지도 서울 강남역으로 바뀌었으니 정말 혼란스러운 시기였다.

전화위복이라는 말은 이런 상황을 두고 하는 말?

이후 합병을 앞두고 내가 처음 발령받았던 부서의 업무가 외주업체로 이관되면서, 1달여 만에 다시 현장 영업사원으로 발령이 났고, 9개월 후인 2001년 5월 케이티프리텔(KTFreetel)과 한국통신엠닷컴(한국통신 M.COM)이 최종 합병을 하는 시점에 소속 영업팀이 또 바뀌게 되었다. 입사 이후 1년 동안 명함만 5번을 새로 제작했으니 정말 파란만장한 신입사원 시절이었다.

최초 배치받았던 영업부서는 강남영업팀이었고, 9개월 만에 옮긴 부서는 서울 강동구, 송파구, 광진구를 담당하는 강동영업팀이었다. 당시 강동영업팀은 이동통신 집단상가로는 대한민국에서 가장 규모가 컸던 테크노마트를 관리하고 있었는데, 그곳의 많은 대리점과 친해질 수 있었고 여러 업무를 배울 기회가 되었으니 전화위복이라는 말은 정말 이런 상황을 두고 하는 게 아닐까?

그때 알게 된 판매점 중에는 나중에 나를 통해 KT 대리점을 개설하신 분도 있고, 대리점 사장님과 직원들은 이후에도 연락만 하면 시장 상황도 알려 주시고, 언제든 도와주시는 나의 가장 든든한 지원군이 되었기 때문이다.

영업 경험으로 대외 업무에 적응하라

그렇게 영업 경력이 4년을 채워 가던 2004년 초, 나를 눈여겨보았던 선배로부터 대외기관을 담당하는 업무를 함께해 보자는 제의를 받았고, 그렇게 나는 다시 KTF 본사로 발령을 받게 되었다. 처음에는 영업과 다른 분위기에 어려움도 있었지만, 현장에서 수많은 사람들을 만나고 설득하고 조율했던 경험들이 크게 도움이 되어 6년 동안 크고 작은 대외기관 대응 업무들을 잘 수행할 수 있었다.

당시에 대외기관 담당 업무에 관심을 갖게 된 후배들로부터 비슷한 질문을 받았다. 그때마다 '영업과 대외기관 담당 업무는 다르지 않다'고 대답해 주었다. 회사에 소속된 상태로 회사 밖의 사람들과 업무를 하고, 회사의 논리로 그들을 설득하는 과정이 다르지 않다는 의미이다.

게다가, 대외 업무를 하게 되면 진심으로 사람을 대하는 것이 얼마나 중요한지 새삼스럽게 배우게 된다. 업무를 목적으로 접근하는 인간관계는 한계가 있지만, 진심을 다해 쌓은 인간관계는 반드시 그 이상으로 보상을 받게 된다는 것을 뼈저리게 느끼게 되기 때문이다.

지금도 나는 새로운 사람을 만나 명함을 교환하는 순간을 정말 좋아한다. 이 사람은 또 어떤 생각과 능력을 가지고 있을까, 내가 아는 누구와 연결해 주면 도움이 될까 기대하며 나누는 대화는 순간순간이 너무나 즐겁다. 그렇게 하나하나 저장한 전화번호가 이제는 15000개에 이른다.

영업 현장에서 직장생활의 꽃을 피우다

　KT와 KTF가 합병한 2009년까지 대외기관 대응 업무를 수행한 나는 이듬해인 2010년 자원해서 영업 현장으로 돌아갔다. 유선과 무선 서비스가 통합되는 시대에 다시 한 번 현장에서 나의 능력을 발휘하고 싶었다. 이미 고양시에 거주하고 있어서 당연한 것처럼 고양마케팅팀에 배치를 원했지만, 사실 내가 자원했던 팀의 관할 지역인 고양시와 파주시는 KT 영업사원들 사이에서는 모두가 기피하는 지역이었다. 파주시에 있는 LG그룹의 계열사들(LG필립스, LG디스플레이 등)로 인해 전국 평균 20%가 되지 않던 LGU+의 시장점유율이 고양시, 파주시에서만 50%를 넘었기 때문이다.

　그래도 결과적으로는 신설된 고양마케팅팀의 차차석으로 시작해 팀장이 될 때까지 근무한 4년 동안 8개의 대리점을 개설하고, 12개의 매장을 출점하여 신생팀의 성장에 크게 기여했고, 이렇게 지역에서 열심히 영업을 했던 과정은 나중에 나에게 또 다른 기회가 되어 주었다.

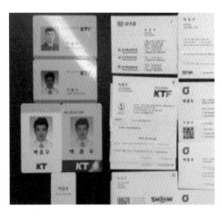

17년의 직장생활 동안 모은
사원증 5장, 명함 25장

　　　　　　　　　　　　　　　　　　　MY LIFE MY STORY

그동안의 경험을 보고서에 담다

　이후 회사 전체의 유통구조 개선을 지시하신 KT 회장님의 의지로 신설된 유통경쟁력강화 TF에 합류하게 되었고, 그동안의 현장 경험과 경쟁사 인맥들까지 동원해 가며 8개월여의 시간 동안 20개가 넘는 Agenda를 기획하고 실행하는 특별한 기회를 갖게 되었다.

　당시에 그동안의 나의 현장 경험과 많은 전산 개발자들의 노력의 결과로 만들어진 시스템들이 전국의 KT 영업조직 직원들과 대리점들의 호평을 받으며 사용되고 있어서 나에게는 아주 보람 있는 시간이었다.

　2년여 동안 몸담았던 TF에서 가장 핵심적으로 진행했던 과제가 "임직원 대리점 개설제도"였다. 전국에 있던 300여 개 직영 매장 중에 실적 개선 가능성이 많은 매장을 골라서 희망하는 직원에게 1년간 운영을 맡기고 준비가 되면 매장을 인수해서 대리점을 개설하며 퇴직하는 내용이었다. 10년 넘게 KT에서 대리점들의 사업 성장을 도우면서 영업 실적을 인정받아 온 나에게 회사 직원 신분을 유지하면서 매장을 운영해 볼 수 있는 좋은 기회였고, 나중에 KT 직영 대리점까지 시작할 수 있으니 이보다 좋을 수가 없었다.

　특히나 2016년 이화여대 평생교육원의 최고명강사과정을 수료한 이후에 강사의 꿈을 키우고 있던 나에게 평생 동안 몸담은 직장에서의 경험을 바탕으로 창업을 할 수 있다는 기회는 그동안의 컨설팅 노하우를 바탕으로 스스로를 증명할 수 있는 좋은 기회라고 생각했다.

1호 매장 KT주엽직영점 오픈식(2017년 3월 3일)

코로나 팬데믹과 뼈아픈 시행착오

매장을 운영하는 사업을 하시는 많은 분들이 공통적으로 고민하는 것이 "규모의 경제"이다. 한정된 인력과 재고의 회전을 통해 최대한 많은 성과를 낼 수 있는 기본적인 방법이니 당연할 것이다. 내가 KT 유통관리 매니저로 인정을 받았던 것도 신규로 개설한 대리점들이 2번째, 3번째 매장을 좋은 조건에 빠르게 출점해서 장기적인 성장 기반을 마련할 수 있도록 도왔기 때문이다.

2017년 3월에 1호점을 오픈하고 6개월쯤 지날 무렵, 기존에 매장을 운영했던 KT 계열사보다 2배가 넘는 실적을 달성했다. 자신감이 넘쳤던 나는 2019년까지 4개의 매장을 추가로 오픈하고 직원도 10명까지 추가로 고용했다. 하지만, 다음해에 코로나 팬데믹 상황이 되었고 KT 직영점 위주로만 운영했던 나는 매장을 쉬지도 못하고, 직원들을 얼른 내보내지도 못해서 2020년 한해에만 3억 원이 넘는 부채를 지고, 결국 2023년에 통신 대리점 사업은 모두 정리하게 되었다.

Chapter 3

연결하라

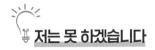
저는 못 하겠습니다

2019년 7월, 일면식도 없는 R.O.T.C. 선배님으로부터 좋은 비즈니스 모임이라고 한번 참석해 보라는 초대를 받았다. 6시 30분이라고 하길래 당연히 저녁일 거라고 생각했는데 다시 확인을 해 봐도 새벽이라고 했다. 그렇게 처음 참석한 BNI 모임에서 2가지에 깜짝 놀랐다. 첫 번째는 내가 평소에 자고 있는 새벽 시간에 이렇게 많은 분들이 매주 모여서 미팅을 한다는 사실에 놀라고, 두 번째는 본인의 사업도 소개하지만 서로가 찾는 고객을 먼저 물어보고 연결해 주기 위해 노력하는 완전히 새로운 사고방식에 또한 놀랐다. KT 대리점을 시작하고 욕심껏 5번째 매장까지 출점하고 고민이 많던 시기에 지푸라기라도 잡는 심정으로 당장 가입을 했다.

하지만, 이틀 뒤에 인터뷰를 했던 분에게 '저는 못 하겠습니다, 환불 해주세요'라고 연락을 했다. 함께 일하는 직원들을 데려와서 2개 매장을 책임지고 있던 점장이 갑작스럽게 퇴사를 통보한 것이었다. 당장 대체할 인력을 구하지 못했던 나는 월세 6백만 원, 4백만 원짜리 매장 2개를 꼬박 보름 동안 닫아 놓을 수 밖에 없었고, 그런 상황에 다른 분의 사업에 도움이 되기 위해 노력하는 비즈니스 모임에 참석하는 건 사치라는 생각이 들었기 때문이다.

그런데, 참 신기하게도 다시 한 번 찾아와서 말씀하시는 제안을 뿌리치지 못하고 시작하게 된 BNI 활동이 코로나 3년을 버티게 해 주었고, 지금은 내 사업의 근간이 되었다. 나는 1년 만에 BNI 멤버로 6명을 등록하도록 소개해서 영광스러운 골드멤버의 자격을 얻을 수 있었고, 덕분에 다른 챕터에도 방문하며 본격적으로 BNI 시스템을 익히고 사업에 활용할 수 있었다.

BNI 마포 포럼 단체 사진

세계 최대의 비즈니스 협업 공동체

　BNI는 1985년에 미국에서 시작해 현재 77개국에서 33만여 명의 멤버가 활동하는 세계 최대의 비즈니스 협업 공동체이고, 한국에서는 2008년에 BNI코리아가 설립되어 현재 전국 78개 챕터에서 2500여 명의 멤버가 활발하게 활동하고 있다. 이렇게 많은 챕터와 멤버들이 하나의 앱으로 연결되어 있을 뿐만 아니라 서로의 사업을 돕기 위해 노력하고 있는 것이다. BNI의 비전은 "세상의 비즈니스 하는 방법을 바꾼다"이다. 그동안 좋은 분을 만나면 누군가에게 연결해 주고 싶어서 안달이었던 내 생각과 너무나 잘 맞는 모임이라고 생각해서 지금도 열심히 참여하고 있다.

　그동안 멤버들의 글로벌 사업 진출을 위해 BNI코리아가 많은 노력을 해 왔는데, 2023년 국내 컨퍼런스에 10여 개 국가의 디렉터들이 참석해서 다양한 비즈니스 협업이 이루어졌고, 이후에는 해외 글로벌컨퍼런스에 우리나라 멤버들의 참여도 많이 늘어나고 있어서 앞으로 더 좋은 사례들이 무궁무진하게 나올 것으로 기대한다.

💡 소화기 사업도 연결하라

2023년에 통신대리점 사업을 정리한 이후, 2024년 초부터 전기화재 전용 소화기와 소화약제를 유통하는 사업을 시작했다. 늘어나는 전기차 수요와 데이터센터 등의 화재로 인한 피해 사례를 보면서 확신을 갖게 되었는데, 2024년 6월 화성의 배터리 공장 화재와 8월 인천의 전기차 화재, 11월 인천 골프장 충전시설 화재, 2025년 1월 비행기 보조배터리 화재 등으로 인해 많은 주목을 받고 성장하고 있다. 지난 9월에는 KT와 계약을 하고 소화기 90여 대를 납품했고, 고양시청의 배수 펌프장, 포스코 계열사의 대형 전기시설, 종합병원 등 다양하게 납품처가 확대되고 있다.

또, 2022년 10월에 판교에 있는 SKC&C 데이터센터 화재로 인해 카카오톡 서비스를 전국민이 5일간이나 이용하지 못하는 큰 피해가 있었는데, 국내 통신사, 방송사, 은행, 증권사 등 데이터센터를 운영하는 회사들에 소방시설 공사로도 연결될 수 있을 것으로 기대한다. 첫 사례로 2025년 1월 용인시에 있는 88CC 골프장에 전용 소화약제를 넣은 스프링클러 공사가 진행 되었고, 2025년부터는 해외 시장 수출도 준비하고 있어서 BNI 멤버들과 협업은 더욱 확대될 것으로 기대하고 있다.

Chapter 4

Givers Gain

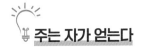
주는 자가 얻는다

나는 한번 무언가에 꽂히면 정말 열심히 하는 편이다. BNI 시스템에 대한 확신이 생기고 주위의 많은 분들에게 BNI를 소개했다. 그중에 30여 분이 BNI 멤버가 되었고, BNI 시스템을 이용해 사업이 몇 배나 성장했다고 고맙다는 얘기도 많이 듣는다. 특히 BNI 활동을 하는 R.O.T.C. 후배들 중에는 내셔널트레이너로, 의장단으로 활동하면서, 사업과 함께 리더십도 크게 성장한 멤버들을 많이 보게 된다. 내가 단순하게 누군가의 상품이나 서비스를 이용해 줄 때보다 이런 피드백을 받을 때 정말 크게 보람을 느낀다. 어떤 분들은 내게 BNI 활동하면서 매출을 얼마나 올리고, 돈은 얼마나 벌었냐고 묻는다. 그럴 때마다 나는 BNI를 통해 충분히 본전을 뽑고 남았다고 얘기한다.

처음 BNI 활동을 시작했던 마포의 애티튜드 챕터에서 만난 배근식 대표님은 20여 년 동안 국세청에서 근무하고 퇴직해서 개업을 하신 세무사이다. 이분에게 4년째 사업의 기장 서비스도 이용하고 있지만, 3년 전부터 고향의 집과 논을 정리하는 과정에 5천여만 원의 세금을 아낄 수 있었다. 사업이 어려울 때 세무와 관련된 막연한 질문에도 정말 꼼꼼하게 답변을 해 주시니, 나에게는 정말 은인과 같은 분이고 우리 가족들도 만족하고 있어서 얼마나 감사한지 모른다.

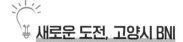
새로운 도전, 고양시 BNI

내가 살고 있는 고양시는 2014년에 대한민국에서 10번째로 인구 1백만 명을 돌파했으며 현재는 108만 명이 거주하는 특례시이다. 특히, 1기 신도시로 30년 전 입주하셨던 어르신들의 비중이 높아서 전국에서 고령화가 가장 빠르게 진행되고 있고, 장애인 비중도 전국 지자체 중에 2번째로 높은 곳이다. 하지만 수도권정비계획법상 과밀억제권역에 포함되어 기업 유치를 통한 일자리 창출이 되지 못해 발전에 어려움이 많았고, 기업의 대부분도 영세한 규모의 소상공인이 대부분이다. 결국, 고양시 입장에서는 법인세를 납부할 만한 큰 기업도 거의 없고, 종합소득세를 많이 낼 만큼 부동산 가치가 오르는 지역도 아닌데, 부족한 재원으로 챙겨야 하는 사회 취약계층의 비중은 경기도의 다른 지역보다 압도적으로 높은 것이다.

내가 이렇게까지 고양시와 BNI를 소개하는 것은 2024년 9월에 30명의 멤버로 고양시에 런칭한 "선샤인" 챕터의 의미가 그만큼 크기 때문이다. 나는 자발적으로 서로의 사업 성장을 돕기 위한 마인드로 뭉친 고양시 지역의 BNI가 3년 후에 5백 명, 5년 후에 1천 명의 강력한 비즈니스 협업 공동체로 성장할 거라고 확신한다. 더불어 이렇게 성장하는 과정을 통해 멤버들의 사업 성장은 물론이고, 우리 고양시의 지역 경제 발전에도 크게 보탬이 될 것이라고 믿는다.

BNI 고양시 선샤인 챕터 런칭데이 사진

💡 사업 성장 이상의 가치, 지역사회 HUB

고양시에 BNI 챕터가 런칭 되고 3개월 정도 지난 시점에 더 뿌듯하고 감사한 일이 있어서 소개하고자 한다. 내가 소속된 고양ROTC봉사단이 2023년부터 고양시 청소년상담복지센터의 "1388청소년지원단"으로 활동하고 있는데, 마침 여러 위기 청소년에게 도움을 줄 수 있는 업종별 전문가를 찾고 있었다. 경제적으로 어려운 가정을 위해서는 의정부지방법원 파산관재인으로 활동하는 현선철 변호사님을, 주저흔을 치료해 주는 청소년 사업을 위해서는 강보람 피부과 원장님을, 청소년들의 안과 정기검진을 위해서 신세계안과 안종호 원장님을, 척추분리증으로 고생하는 여고생을 위해서는 고양시 차병원 내에 위치한 차원 정형외과 이희태 관리본부장님을 소개해서 업무 협약을 진행했다. 이분들의 선한 영향력이 BNI와 함께 지역사회의 청소년들에게 좋은 울타리 역할을 해 줄 수 있을 것 같아서 너무나 기쁜 마음이다.

당장의 10만 원, 100만 원짜리 소개 건도 좋지만, 이렇게 지역사회에서 도움을 필요로 할 때 기꺼이 손 내밀어 줄 수 있는 각 전문분야의 대표님들이 계셔서 얼마나 든든한지 모른다. 이렇게 도움이 필요한 분들과 도와줄 수 있는 분들을 대가 없이 연결해주고 받는 긍정적인 피드백이 나에게는 정말 최고의 감사장이다.

세상의 비즈니스 방법을 바꾸기 위해 노력하는 BNI 멤버들처럼, 나도 지역사회와 더 안전한 대한민국을 만들기 위해 전기화재 소화기 유통사업에 매진하고 있다. 우리 사회가 많은 분들의 선한 영향력으로 더욱 안전하고 행복해지길 두 손 모아 기도해 본다.

222

MY LIFE MY STORY
| 내 인생 내 스토리 |

ⓒ 박기천, 오홍관, 이재호, 손창우, 백종우, 노국영, 2025

초판 1쇄 발행 2025년 3월 20일

지은이   박기천, 오홍관, 이재호, 손창우, 백종우, 노국영
펴낸이   이기봉
편집   좋은땅 편집팀
펴낸곳   도서출판 좋은땅
주소   서울특별시 마포구 양화로12길 26 지월드빌딩 (서교동 395-7)
전화   02)374-8616~7
팩스   02)374-8614
이메일   gworldbook@naver.com
홈페이지   www.g-world.co.kr

ISBN   979-11-388-4079-8 (03810)